少年绘

眼中星

YAN

ZHONG

XING

蓝淋 著

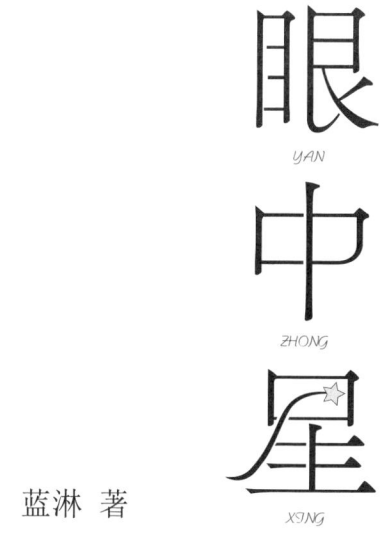

北京时代华文书局

图书在版编目（CIP）数据

眼中星 / 蓝淋著 . -- 北京 ：北京时代华文书局 ,2017.12
ISBN 978-7-5699-2030-7

Ⅰ . ①眼… Ⅱ . ①蓝… Ⅲ . ①长篇小说－中国－当代 Ⅳ . ① I247.5

中国版本图书馆 CIP 数据核字 (2017) 第 309984 号

眼 中 星
YAN ZHONG XING

著　　者｜蓝　淋

出 版 人｜陈　涛

选题策划｜紫　总

责任编辑｜张　科

封面设计｜何嘉莹

内文设计｜周艳芳

责任印制｜刘　银　姚　春

出版发行｜北京时代华文书局 http://www.bjsdsj.com.cn

　　　　北京市东城区安定门外大街 136 号皇城国际大厦 A 座 8 楼

　　　　邮编：100011　电话：010 - 64267955　64267677　57735442

印　　刷｜三河市嘉科万达彩色印刷有限公司　　0316-3156777
　　　　（如发现印装质量问题，请与印刷厂联系调换）

开　　本｜880mm×1240mm　1/32　印　张｜8.5　字　数｜217 千字

版　　次｜2017 年 12 月第 1 版　　印　次｜2020 年 3 月第 10 次印刷

书　　号｜ISBN 978-7-5699-2030-7

定　　价｜35.00 元

在你的眼睛里，我再一次喜欢做我自己。

CONTENTS

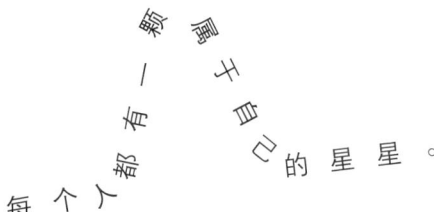

每 个 人 都 有 一 颗 属 于 自 己 的 星 星 。

Chapter 1

遭遇表白

zaoyu biaobai

纪承彦抬头看了看已然西斜的落日，又低头看了看手表，奄奄一息道："志哥，这都几点了，我们确定要等？"

志哥望穿秋水，道："当然，必须的。黎景桐不来，我们就不能开始。"

所有工作人员和其他嘉宾都已经早早来到巴厘岛，但节目迟迟不开录，就为了等那个黎景桐。

这应该是他们这档节目，破天荒为了某一个嘉宾而如此拖延时间。

当然他可以理解志哥这么眼巴巴等的原因。这节目固然挺火，但黎景桐更火。

基本上，像那样登顶的一流偶像，是不可能愿意来他们这种外景节目的。

这种偶像，从头到脚都金贵，实在不适合来户外摸爬滚打，更何况人家的时间分分钟都是钱，这么一个节目录上几天，换成接别的工作都能赚上千万了，傻子才来。

这次周年特辑，向几位当红艺人发出邀请，纯粹是白试的心态，结果竟然在最没希望的黎景桐那里得到了唯一一个肯定的回复。

于是制作方如获至宝，为了接待百忙之中抽时间来参加录制的黎景桐，把酒店、交通等的水准全都提了一个等级，他们这些虾兵蟹将也跟着沾了光。

但纪承彦对此没什么感激之心。他起了个大早，到现在已经等得困乏不堪，只悻悻地暗自咕哝："有时间就来，没时间就干脆别来呀，搞得两边都累，何必呢。"

因为不知道黎景桐今天具体什么时候能到，所有人都是早早处于Standby状态，不能开机工作，也没法自由活动，只能在这里尴尬地动弹不得。

他实在搞不懂，黎景桐这样的人，紧赶慢赶来参加这档节目，不差这点曝光，也不差这点报酬，究竟图什么呢？

在酒店的露天大厅里不知道打了多久瞌睡，他终于听到空中传来的巨大嗡嗡声，还有志哥激动的声音："来了来了！"

纪承彦睡眼蒙眬地望出去，酒店前的宽阔草坪上停了架直升机。

下来的几个人当中，有位身形修长高挑的青年。因为巴厘岛炎热的气候，他只穿着简单的T恤和牛仔裤，一手挽着脱下来的外套，风尘仆仆的样子，然而一点都不憔悴，更不像刚熬夜拍完戏的人，他的皮肤和眼睛，在太阳底下简直像会发光。

青年对着迎上来的众人说："不好意思，让大家久等了。"

志哥满面红光，精神抖擞："不会不会，应该的！"

青年又挺腼腆地一笑："大家好，我是黎景桐。"

纪承彦在人群后面对着青年明亮的笑容，打了个大且长的呵欠。

作为现在电影界和音乐界都登顶的小天王，黎景桐是个十分俊美的青年，几乎比他见过的任何一个男人都好看。

但纪承彦对此没什么感觉。这不是理所当然的吗，不长成这样，

能那么红? 要是长得跟志哥似的, 唱得再好听都白瞎。

　　一番寒暄过后, 录制争分夺秒地开始了。

　　虽然苦苦等了一天, 但纪承彦看得出来, 除了他之外, 大家的情绪一点都不低落, 反而还十分高涨, 尤其是那些女明星。

　　也对, 毕竟黎景桐又帅又成功, 还是华信娱乐的太子爷。谁能不爱他呀。就算不爱他的, 也多少指望能攀上他, 于是从灯光师到摄影师, 再到嘉宾, 都不由自主地拍起他的马屁来了。

　　志哥作为主持人, 更是一马当先:"景桐, 你上张单曲的MV, 据说是大手笔制作, 请问大概用了多少费用呢?"

　　黎景桐略微腼腆:"差不多一千万吧。"

　　"哇⋯⋯"捧场的惊叹声此起彼伏, 众人纷纷表示了强烈的艳羡。

　　志哥又转头问纪承彦:"那你们呢?"

　　纪承彦前段时间和另外两个搞笑艺人组了个临时团体, 趁着过年的时候出了一首类似于"恭喜发财"之类的口水歌, 以方便去各大公司的尾牙活动上表演捞金。

　　为了方便宣传, 倒也给它配了个粗制滥造的MV。

　　纪承彦回答:"大概一千块吧。"

　　场上哄然大笑。

　　MV就在棚内简单拍的, 拉一块背景板放在后面, 一台摄像机从头拍到尾, 要不是考虑到工作人员的便当钱, 应该连一千块都不用。

　　不知是不是他的错觉, 他觉得黎景桐好像特别地看了他一眼。

　　下面的游戏环节, 是男星们的人气比拼。和纪承彦配到一组是黎景桐。

很正常，笑点通常就是通过这样的对比来制造的。

纪承彦敬业地做出如临大敌的样子，表现得好像使尽全身解数一般，又是唱又是跳又是耍帅。

最后结果毫无悬念，连舞都不跳的黎景桐，只靠一张笑脸，就轻而易举地以压制性票数赢了他。

纪承彦气喘吁吁地想：这简直就是胜之不武啊，公平嘛！

不过令他意外的是，他居然拿到两票。

志哥也惊叹："呀，两票，是谁投的啊？"

纪承彦做矜持状："这，我也不知道是哪两位匿名的爱慕者……"

"别装了，谁都知道有一票一定是你自己投的。"

纪承彦不气馁："啊，那也……还有一票啊，对吧？"

了然内幕的志哥笑道："的确是还有一票，不过，你一定猜不到是谁。"

"难道是浩呆？"纪承彦感动地抱住站在身边的浩呆，"我知道只有你够义气！"

"错。"

纪承彦立刻反手给了浩呆一巴掌："你这没良心的！"

"到底是谁呢？我们请这位好人主动站出来吧。"

大家你看我，我看你，一片寂静里，黎景桐挺拘谨地，往前走了一步。

"……"

虽然他也没指望是哪位好心的女星，但这也太……

全场笑翻了之余，志哥不忘夸奖黎景桐："瞧人家多有风度！"

"……"

"你也快点体现一下你的风度吧。"

纪承彦怏怏地说:"好吧,作为回报,前辈有忠告要送给你。"

黎景桐挺认真礼貌地看着他。

他拍拍自己不甚紧实的腹部:"我这样,你看到了吗? 不想变成我的话,你可得小心一点。要知道我当年也是你这样的花样美少年。"

现场哄然大笑,大家都被他那个"花样美少年"逗得乐不可支。

你们以为我在开玩笑? 纪承彦心想: 我是说真的!

他也有年轻的时候呀,不然难道他会是一生下来就长这样?

黎景桐也笑了,非常可爱地露出他的一排白牙,然后说:"我知道的。"

纪承彦又想: 你个毛头小子,我当年走红的时候你还在吃奶呢,你知道什么?

节目录制得挺顺利,直到聊起进娱乐圈的原因。

黎景桐说:"我吗? 我是因为小时候很崇拜一位前辈偶像,想追随他,才决定当艺人的。"

志哥表示了很大的兴趣:"哟,偶像的偶像! 是哪位? 现在还活跃在圈内吗?"

大家都猜测纷纷,浮想联翩。

青年又腼腆道:"其实,我的偶像,就在现场。"

"哇哦!"

大家都激动了,多好的一个爆点啊。在场的,只要是比黎景桐早出道的,都不由得正襟危坐,调整好表情。

"到底是谁啊？"

青年在追问下，有了告白一般的羞涩："就是，纪前辈。"

场上一片喧天的哗然，纪承彦也立刻从走神里被拽回来："啊?！"

黎景桐此时的表情是这样的——"^_^"。

纪承彦却一脸迷惑。

虽然节目的大概走向是有剧本的，以免过分跑偏和冷场，但具体细节都靠个人自由发挥来填充，所以他着实没料到会有这么一出。

确定并不是自己听错，或者出现幻觉之后，他立刻左右看："喂喂，你这是营造节目效果吗？"

"不是的，"黎景桐挺认真，"我是听纪前辈的歌、看您的电影长大的，所以一直很崇拜您。"

"……"

除了他俩之外的所有人都笑翻了。

纪承彦脸上一阵冷一阵热的。

这是在报复他吧？这一定是在报复他。

志哥笑得直打跌，也跟着逗趣："对对对，我也是听他的歌长大的。"

纪承彦说："哇，志哥，你都快四十岁了，这不合理吧。我才是听你的歌长大的呢。"

一旁的浩呆立刻跟着说："其实我也是听志哥的歌长大的。"

"你别装嫩！"

顿时一片此起彼伏、纠缠不清的"我是听你的歌长大的！"、"胡说，我才是听你的歌长大的！"

于是这不知真假的表白就成了一个笑梗，总算在满场笑闹中打混

过去了，不然纪承彦毫无防备，还真有些招架不住。

末了，志哥又跟他开玩笑："人家黎景桐是你的粉丝呢，搞不好他是你硕果仅存的最后一个粉丝吧。"

纪承彦摸了摸鼻子："我觉得也是……"

"可你好像不太喜欢他啊。"

纪承彦道："当然，非常不喜欢。"

出于节目效果，全是巴结讨好的也不行，一定要有人唱白脸的，纪承彦一向乐于接受这种角色。

也只有他愿意照着导演的要求说出一些得罪人的话，然后无所谓地扛下大批粉丝的围攻。

"为什么啊？"

黎景桐也认真地、带点受伤表情地看着他。

纪承彦说："哼，因为你们都喜欢他，我就喜欢与众不同。"

场上爆笑。

志哥说："这理由看来不太充分啊，再补充一个吧。"

"他太成功了，我现在有严重的成功过敏症！"

这话倒有几分真。

他像是能从那春风得意的青年身上，看到一些他不愿想起的影子似的。

时值深夜，今天的节目录制告一段落，大家纷纷收拾东西，或准备回房休息，或相邀去酒吧纵情一把。

纪承彦走出门去，夜风微微拂过他的脸颊，在一身汗意里带来一些清凉。巴厘岛的气候对他而言未免过于炎热，只有在这时候才有了几分宜人。

他抬头看了看颜色深重的绸缎一般的天幕，这里的月色他并不陌生，只是上一次见，已然是许多年前了。

志哥和浩呆在跟他商量："等下吃点海鲜呗？"

"烤肉也不能少啊。"

不用像那些女星一样只吃点菜叶、苹果，他们不是偶像派艺人，不必惧怕卡路里，可以为所欲为地大快朵颐。

每每大吃夜宵，炸鸡配啤酒、麻辣锅配烧烤的时候，他就觉得现在的日子其实比以前的更好呢。

三人正边走边聊，突然听得有人在背后喊："前辈！"

转头便见到黎景桐朝他们走来。

向那两人礼貌地打过招呼以后，青年抬起清秀的眉毛，郑重其事地望着他："纪前辈，我有话想跟您说。"

"……"

这家伙的确很有礼貌。

但这让纪承彦反而全身都不自在。

他宁可黎景桐像其他人一样叫他"老纪"、"小纪"、"纪歪"，或者任何哪怕嘲弄的绰号都行。

更糟的是，浩呆和志哥在这关头，竟然没义气地走掉了。

临走前还嘻嘻哈哈地说："不打扰你们了哈。"

这什么意思呀？

就算知道他的喜好，开这样的玩笑真的好吗？

剩下他和黎景桐面面相觑了一会儿，而后青年毕恭毕敬地说：

"纪前辈，您能给我签个名吗？"

纪承彦整个人都僵住了："你什么意思？"

这难道是年轻人流行的新形态嘲讽？

"从T.O.U的时期起，我就是您的粉丝了。"

"别您您您的了，"纪承彦吃不消了，"再说……你那时候才多大啊？"

他起码比他年轻个十岁吧！

黎景桐很认真："那时我是比较小，原本什么都不懂，但我表哥在家里放你们的演唱会录像带，我一下子就喜欢上你们了。"

"……"

这肯定是恶作剧吧？

纪承彦不由得左右抬头看，想发现隐藏在不知什么地方的摄像机。

"你是我粉丝？你听过我什么歌，看过我什么作品啊？"

青年说："全部。你的磁带、CD我都有买，电视、电影也都有收藏。"

纪承彦在心里呸了一声。这种放之四海而皆准的答案，他一分钟能编一百个。

虽然不该太较真，但他不由自主地想为难一下这家伙。

"那你最喜欢我哪部电影，什么角色啊？"

"差不多每部都喜欢。"

果不其然。纪承彦仰天大笑："哈哈……"

"不过我印象最深的，还是你在《晚归》里的角色。"

"……"

纪承彦的笑收得太快，差点把自己呛住了。

那是他最不出名的一部电影。

纯粹的小众文艺片，他自己演得十分用心，但它至今甚至没有上映过。

在那之后公司就不让他接这种东西了，卖不了钱，也拿不了奖。

所以这部片子，知道它的人少之又少。

而就算有人知道，也已将它遗忘。它早就消散在时光里，犹如他的少年时代一样。

现在被黎景桐提起，他又浑身不自在了。

他边转身边漫不经心地说："那是什么呀，我都不记得了。"

黎景桐挺认真："那个故事蛮特别的，你演的那个弟弟的角色，对主角有种朦胧的不被允许的感情……"

纪承彦赶紧打断他："行了行了，别说了。那啥，好汉不提当年勇。"

他不喜欢被提及，被迫面对过去。

见青年像是还要说什么，纪承彦怕越扯越多，忙又说："我有点困了，先回去睡了哈。"

"那，前辈，请你给我签个名吧。"

"……"

这家伙，还挺执着啊。

纪承彦还说："那什么，我没带笔啊，下次吧，哈。"

青年说："没关系，我有带的。"

"……"

这年头，什么都电子化了，谁没事还随身带笔啊。

拗不过，纪承彦只能勉强提笔，在对方递来的本子上面写下自己的名字。

他很久没有在票据、账单以外的东西上签过名了，一时感觉竟然有些生疏。

青年接过签好的笔记本，两眼闪闪发光："多谢前辈！"

"……"

纪承彦意兴阑珊地走在回酒店的路上。

原本要趁机去大吃一顿，再鬼混一场的，这下好了，时间也晚了，兴致也没了。

回到房间，室内黑漆漆的，打开灯，连浩呆都不在，估计还在夜店把妹，或者试图把妹。

这一切真让人郁闷。

纪承彦打开冰箱，才想起之前买的酒已经喝完了，于是"唉"了一声，这样一个原本可以恣意狂欢的夜晚，被那家伙给毁了。

白白浪费了他的好心情。

他真的不喜欢黎景桐。

他让他觉得不舒服。

他很久没有去回首过当年了，甚至觉得已经忘记过去了。

而这个黎景桐，却不依不饶地要他想起来，简直是硬把他扯进回忆里去。

是的，他也曾经走红过，他也像黎景桐这样，站在巅峰过。

只可惜时间把"拥有"，变成了"拥有过"。

没错，都过去了。

他出道的那一天，到现在，已经十六年了。

纪承彦不由得深深吸了口气。

天啊，十六年。

他到现在为止，一半的人生。

纪承彦靠在房间窗口，望着外面的茫茫夜色，突然有点想抽根烟。

但也只是想想而已，他连烟也抽完了，所以他只能在暗影里，做了一个虚无的手势。

次日上午录制的是男女配对的游戏环节。

由于节目设定，男明星的数量总比女明星多两名，所以最后必然会有一个悲催的男男组合。

一直以来，基本都是他和浩呆两个人相依为命，稳坐这个位置。

但这次不同了。

因为黎景桐拒绝了向他伸出橄榄枝的那位女星，导致浩呆捡了个史无前例的大便宜——竟然有女星和他组队了！

在浩呆喜极而泣、感恩戴德的时候，被剩下来的纪承彦和黎景桐大眼瞪小眼。

纪承彦无语。

黎景桐的表情仍旧是——"^_^"。

好吧，这其实也是节目里很好的一个笑点，志哥一定很高兴。

纪承彦在心里叹了口气。

按理他已经习惯了各种各样的荒谬，但这次真心觉得不自在。

各个组好的队伍都开始为接下来的负重赛跑而准备，男星们纷纷抱起和自己同组的女星。

只剩下一边的纪承彦十分尴尬："我们，这要怎么分啊？"

他不由得开始想念浩呆了。

虽然以前他每次抱着浩呆，发表甜蜜感言的时候，都是说："天啊，浩呆，你真是，轻得，让我想死……"

志哥幸灾乐祸地说："这还用想吗，黎景桐比你高呀。"

"……"

用身高来决定，真的公平吗？

黎景桐挺干脆，也挺配合的，没有丝毫废话，一把就将他给横抱起来了。

"……"

大家都笑得打跌。

纪承彦突然觉得，他宁可像以前那样，步履蹒跚地公主抱着浩呆，然后一头栽到台下去，也好过现在啊。

志哥采访当事人的感想："景桐，你抱着这家伙的感觉如何啊？"

青年想了想，居然笑着说："挺紧张的。"

"……"

大家都笑翻了。

他想，这家伙看起来有点呆萌呆萌的，十分实诚，想不到还这么幽默啊。

接下来每位男星都要对自己抱着的那位表达关于"轻"的赞美。

黎景桐按照要求，相当诚恳地望着纪承彦的眼睛，说："你真的好轻，就像一片羽毛一样。"

纪承彦顿时头皮都炸了。

场上笑成一片，志哥问："你说的是像铁打的羽毛一样轻吗？"

黎景桐笑道："是像棉花一样轻。"

大家都意味深长地啧啧有声。

"年轻人的臂力真是好啊。"

"现在的花美男都是有六块腹肌的。"

纪承彦实在听不下去了，道："他的意思是，浸了水的棉花的那种'轻'！"

青年又笑了笑，看着他。

纪承彦简直无法直视，索性把眼睛闭上，眼不见心不烦啊。

被一个大男人这么抱着，实在令人如芒在背。

虽然场上所有的女星应该都很羡慕他。

志哥还在雪上加霜地说风凉话："今天最幸福的应该就是承彦了吧？"

"……"

"恭喜你啊，录这节目这么久以来，第一次被大家羡慕，应该就是今天了吧。"

"……"

黎景桐毫不掩饰对他的仰慕之情，对于这件事，大家从一开始不当真的调侃，到后来当真的调侃，反正都是把这当成一个梗，来让这期节目变得更有爆点，更有笑点。

纪承彦愤愤地想：这些家伙的良知呢？

志哥甚至还没道义地劝他多多配合，为了收视率的新突破，牺牲

小我,成全大我。

纪承彦是真的很郁闷,这可把他累坏了。

他是这节目的固定班底没错,但他一般都是打酱油的,原本可以有很多放空和放松的时间,而黎景桐这么一折腾,一场下来,一半的镜头都是他的特写,他连想偷空挖个鼻孔都不行。

他只想混口饭吃而已,不想被关注。

也许有人会觉得他不知好歹。出镜多是好事,有增加人气的机会送到眼前了还不珍惜。

但大红大紫的滋味,他十几年前就体会过了,不过如此。

他现在可一点都不想红。

这天的录影休息时间,大家分散开来吃便当。

纪承彦拿着便当和饮料,找了个角落,正想一个人吃,结果一回头,又看见黎景桐正用小鹿般的眼神瞧着他。

他有点受不了了,恶狠狠地说:"你离我远点行吗?"

青年愣了一愣,望着他。

"你真挺烦的。"

青年想了一想,说:"其实吧,偶像有时候觉得太忠实的粉丝比较烦,这也是正常的。"

"……"

纪承彦突然觉得一股子火气不知从什么地方涌出来,烧得他的脸直发烫。

这种感觉也许叫作恼羞成怒吧。

"你来搞笑的吧？麻烦弄弄清楚，现在你是谁啊，我是谁啊，你崇拜我？你真不是来耍我的？"

青年有些无措："但，我是真的喜欢你很多年了呀。"

纪承彦很不耐烦："你是想说'你们'吧？T.O.U不是只有我一个，贺佑铭现在才是比较成功的那个，你要追也该去追他的星。"

"不是的，我喜欢的是你。"

"……"

虽然这只是粉丝表忠心的常用句，但听着就是别扭。

纪承彦烦躁地耙了一下头发："我劝你离我远点。"

青年挺困惑的："为什么呀？"

"我是那种人，你懂吗？"

青年显得更困惑了："啊？"

纪承彦也不知自己为什么，非要在他面前这样说。

"我喜欢男人，懂吗小伙子？"

这发言的冲击力显然不小，青年立刻安静了一下。

而后他说："这个，我不介意的。"

纪承彦差点喷了他一脸的橘子水。

这不是他介意不介意的问题好吧？

他只觉得一头乱麻，于是大手一挥："行了行了，我和你说不通！就这样吧，我去厕所了！"

"嗯……"

"别跟来！"

"哦……"

煎熬的几日过去，录影总算完成了，在岛上的时光也快结束了。

他们要搭明天的飞机回去，离开这个岛以后，便各奔东西。

纪承彦想到这个，就觉得一身轻松。他还从来没对"明天"这个词如此期待过呢。

他在大嚼了一顿丰盛的晚餐之后，又去了岛上有名的夜店。

这家夜店吸引他的，是依着绵延的沙滩，有当地乐队演奏的热带风情音乐之余，还有大堆的比基尼辣妹和露着精壮肌肉的猛男。

喧闹的电音，鼎沸的人声，热情的舞客，敢穿敢秀的男男女女，这一切构成了刺激的浪漫，正是他现在所需要的。

大家所心领神会的是，这些当地的夜蝴蝶们，或者来自各国的帅哥们，其实都在寻找合适的机会与合适的人，试图在这微醺的气氛里，展开一段或长或短的假日激情。

他也想趁回国之前，在这无人认识他的地方，好好狂欢一把。

纪承彦买了许多酒，相当阔绰地到处请人喝。

他是没什么钱，但这不妨碍他花钱。

白白存钱，规划未来，那才是最傻的行为，他曾经那样愚蠢过。

后来有些事让他幡然醒悟了。谁知道将来会怎样呢？及时行乐吧。

"前辈。"

"……"纪承彦头皮一麻，跟被当头泼了盆冷水一样。

"纪前辈。"

尽管醉着，他听见这字词还是和清醒的时候一样反感："别这么叫我！"

青年踌躇着:"那……"

"叫我名字就行了!"

青年在他耳边大声说:"你为什么要来这种地方……"

纪承彦气不打一处来:"我还想问你呢!"

"我听说你来这儿了,担心有人会趁你喝醉,对你不利……"

"……"

他来这儿不就是希望有人能对他不利吗!

青年在后头不停地唠唠叨叨,幸而音乐声太嘈杂,纪承彦听不清他究竟在说什么,但一样让他很是心烦。

有这么个长成如此模样的年轻男人在他身边,其他人见状,也就识相地散了。

纪承彦十分无奈,很是愤愤。

托黎景桐的福,他今晚又只能一个人了!

纪承彦醉醺醺地靠在座位上,又是恼,又是气,借着酒精的冲动和昏眩,他一把抓住青年的领子,把他往下拉到自己眼前来。

"喂!"

青年无懈可击的脸在他眼前放大,略微愕然地挑起清秀的眉毛:"嗯?"

"你这家伙,你说自己是我的粉丝,是吧?"

"嗯……"

"那证明你的机会来了。"

"啊?"

纪承彦把他拉得更近一些,笑了一笑:"你要献身不?"

青年顿时张大眼睛。

纪承彦从宿醉的头痛里醒来。

以他的经验,他不用睁眼,也知道自己此刻正躺在被单底下。

他一点也不吃惊和意外。

在酒吧喝成那样,要的不就是这种结果嘛。

醒来如果还发现自己衣冠楚楚,那才比较值得伤感吧。

他还依稀记得昨晚那种激烈和狂野。

他想,销魂啊!

只不过……

纪承彦停了停,用零散的理智和记忆思考了一下。

最后在自己面前的,是……黎景桐的脸?!

他不由得在心里暗叫一声!

真的假的?

那家伙傻了吧!

他说说而已的,有眼睛的都看得出来他是喝醉了,那家伙看起来也不像智力有问题啊!

他第一次觉得如此头疼,程度远胜过酒精带来的疼痛。

这可怎么是好啊?

先不说他们之间会如何尴尬,该如何善后,首先这事就不能被任何人知道。

不然黎景桐的粉丝能把他撕了。

纪承彦懊恼了一阵,想爬起身来,一动身体,他又"啊!"了一声。

然后是一连串的咒骂。

这……他……好痛!

纪承彦顿时七窍生烟。

好嘛这小子,还敢说是他粉丝?

粉丝、粉丝是这样当的吗?

这家伙倒好,简直乘人之危!

纪承彦愤怒得很想抽一大口烟。

这算什么事啊!

虽然他努力想避免再次碰面,但飞机不能不坐啊。

而且大概是因为黎景桐一直对他亦步亦趋的缘故,登机以后的座位还好死不死地排在一起了。

一路上纪承彦都如坐针毡。

他知道青年一直在看他,虽然他绷着脸装睡,完全不往那边瞧,连飞机餐都忍住没吃。

飞机降落,再次开始滑行的时候,黎景桐终于开口了:"承彦……"

纪承彦打了个哆嗦,睁开眼睛:"那什么,你怎么不叫前辈了?"

青年说:"哦,是你让我叫你名字的。"

"什么时候的事?"

"是昨晚,那时候你抓着我,对我说……"

纪承彦赶紧打断他:"行了行了,别提了。"

最好这辈子都别提!

"承彦,我没有你的电话。"

纪承彦装傻："哦……"

"你能把号码告诉我吗？"

纪承彦打了个哈哈："啊，我也不记得我自己的号码了。"

青年沉默了一下，而后说："那，我给你留我的电话吧。"

纪承彦漫不经心地说："可我没纸也没笔啊。"

"我有笔。"

"行……"

纪承彦心想，写吧写吧，回头他就丢垃圾桶里去。

正想着呢，突然感觉到青年抓起他的手掌。

"啊？"

不等他反应，青年已经在他手心里流畅地写了一串数字，以及自己的名字。

"……"

写号码就写号码了，这还签什么名啊，给猪肉盖章吗？

青年挺认真地说："记得打给我。"

"……"

下了飞机，大家差不多就此纷纷告别。黎景桐有专车来接他赶去新广告的拍摄现场，他则打算慢悠悠地回家睡一个大觉。

青年在车门关上之前，还特意伸出头来，对他说："再见，承彦。"

纪承彦不耐烦地一挥手。

再什么见啊，最好永远不再见。

等自己也上了车，纪承彦才发现，刚才黎景桐在他手里乱写乱画，用的是马克笔，怎么都洗不掉，还害他白白把手都给搓红了。

"可恶！这家伙……"

其实一点都不傻啊。

百般无奈之下，他发现，黎景桐的字还是挺好看的。

字如其人，清秀端整。

不过这没意义。

纪承彦合上手掌，把头靠在车窗沿，闭起眼睛睡觉。

真的无意义。

这就像，他过去人生里也曾发生过的一些美好的事情一样，最终不会有任何意义。

这天纪承彦手持咖啡，嘴里叼着根棒棒糖，优哉游哉地去经纪公司。

特辑录完已经一段时间了，他的工作不多，所以日子十分悠闲。

换句话说就是，收入也不多，五行缺钱。

在走廊上的时候，有人跟他打招呼："纪歪，今天有粉丝寄给你花呢。"

纪承彦把棒棒糖从嘴里拿出来："真的假的……"

虽然只是不入流的艺人，他的地址也是不对外公开的，所以很多乱七八糟的东西都会寄到公司。

不过这么久以来，他收到过形形色色的玩意儿，就是没收到过鲜花。

他这样的三流谐星，虽然有一定生存空间，有一丁点知名度，但要论爱他爱到特意买花来送的人，还真是没有。

一走进经纪人的办公室，纪承彦就看到巨大的一盒——真的是巨

大——永生玫瑰，给人感觉它们像是要从那包装里满出来一般，满满的、怒放的、不败的。

浩呆说："居然有人给你送花！"

"嗯哼。"

"而且居然还不是菊花。"

"喂……"

他没沦落到只能在清明节收到墓碑上的小白菊那种地步吧！

纪承彦喝了口咖啡，对着那花盒左看右看，心里想的是，真阔绰啊，这换成现金就好了，能拿去吃一顿上好的呢。

花里有卡片，他取出来，翻开看了看。

上面写了句他有生以来看过的最肉麻的句子。

"你在我心里，永远是一颗不坠落的星。"

纪承彦一口咖啡立刻全数喷在了浩呆的脸上。

没有署名，但他认得那字迹。

该死的黎景桐！他边咳边想。

这事还有完没完了啊！

与此同时，某辆保姆车里，通宵拍完戏后正打瞌睡的某位青年，突然打了个喷嚏。

梦里，他的嘴角弯出一个憧憬的弧度。

Chapter 2

我只是希望
wo zhishi xiwang
你开心
ni kaixin

　　从巴厘岛回来已经有一段时日了，纪承彦"牺牲小我，成全大我"（并没有）所录制的特辑也终于播出了。

　　纪承彦的牺牲是有回报的。

　　那期的收视率出来，一举破1，创下历史新高，台里都为之轰动了，志哥更是眉开眼笑，一副恨不得轻抚纪承彦"狗头"的慈眉善目。

　　作为一个被后浪拍死在沙滩上的过气艺人，时隔多年，纪承彦终于又在娱乐八卦版块上看见了讨论自己的帖子。

　　比预想得好啊，纪承彦一边吃着牛肉干一边刷帖子，心想，起码不是全然一边倒地在骂他的。

　　应该说有99%是在骂他吧。

　　炒作，抱大腿，不要脸，长得丑，癞蛤蟆想吃天鹅肉……

　　"……"

　　别的没什么，关于这点纪承彦倒是有些委屈的。

　　这癞蛤蟆不仅没吃着天鹅，还被天鹅吃了，就算白吃了吗？啊？

　　剩下的那些，一部分是黎景桐的黑黑们，本着敌人的敌人就是我的朋友的立场，站出来大骂黎景桐虚伪、做作，吸引了不少火力。

　　还有一部分则是黎景桐的忠实粉丝，出于爱屋及乌的动机，觉得他说不定真的是黎景桐的偶像呢，于是开始为他说点好话。

　　还有很小很小很小的一部分，也就两三个人，是纪承彦自己曾经的粉丝。

　　他们微弱的支持纪承彦的声音在漫天口水战里很快就被淹没了，

一直到有人挣扎着贴了几张纪承彦年轻时的照片，风向才略有转变。

"这谁啊？"

"这能是那个胖子？"

"不可能吧！"

然后接二连三地，纪承彦当年的照片和视频陆陆续续地被扒出来一些。

他毕竟是红过的，虽然是多年前，虽然当时网络不发达，网上流传的影像图片资料资源有限，但架不住人肉的力量。

于是八卦帖又迎来另一波高潮。

"这还是一个人吗？！"

"以前真的好帅！"

"而且那时候整容、PS没现在这么厉害，他这是全天然的吧？"

"笑起来真好看！"

"那双眼睛萌死了！"

"难怪黎景桐说自己是他粉丝！"

不过更多的人都在感慨："可惜现在变成'纪承彦Plus'了。"

纪承彦："……"

"岁月是把杀猪刀。"

"一胖毁所有啊。"

"……"

无聊在线刷八卦帖的人显然不止他一个，志哥也在微信群里说："小纪，你这看来是要火啊。"

"死灰复燃。"

"咸鱼翻身啊。"

"不发个红包意思意思吗？"

"……"

该死的黎景桐。

那些陈年旧图被翻出来，让他非常非常不舒服。

往事的封印被撕开了一个口子一般。有什么东西翻涌着，嘶吼着，要从那裂口里挣扎出来。

他点了根烟，迟疑地浏览着那些帖子。

旧日的照片里，那两个少年搭着彼此的肩膀，笑容明亮，烈日一般，灼痛了他的眼睛。

纪承彦迅速关掉电脑。

这天志哥在沙发上满怀憧憬地自言自语："你说，咱们下一次中秋特辑，有机会的话，能不能再请黎景桐来一次？好好准备的话，会不会有机会破2，会不会拿下综艺收视第一啊？"

纪承彦一包接一包地吃着"薯条三兄弟"，说："你也想得太多了吧。"

他们这节目，因为有一批兢兢业业的老骨头在，质量一直不错，但收视并不是顶尖的，毕竟太穷太抠门了，跟那些动辄一集千万成本的大制作没法争。

上回能勉强把黎景桐哄来，除了周年特辑的噱头之外，更大一部分是因为走了狗屎运。

这破节目下次还想请得动新晋影帝？哪有一而再，再而三的狗屎运啊？

志哥说："这难说呀，上次他还专程跟我聊了聊，意思是有机会的话愿意再来呢。"

这位深谙娱乐圈残酷之道的老大哥突然变得如此天真烂漫，纪承彦有些无语："志哥你不是吧，不能这样退化啊！我们还指望你呢！"

志哥一副胸有成竹的样子："我认为黎景桐不是客套话，他是真心想来的。"

"当年那谁谁跟我这么说，我还当真的时候，是多少年前了？当时你可把我骂得狗血淋头呢，你记得吗？"

志哥正色道："薛胖子吗？他那满嘴跑火车的货，黎景桐跟他可不一样。"

哪儿不一样啊，这圈子里都是一样的货色，场面话有哪句是能听的。

志哥突然搓一搓手，嘿嘿笑着："说来，小纪，黎景桐说他是你粉丝，你说要是你开口的话，这个……"

"……"

纪承彦立刻停止了咀嚼。还说奇怪志哥今天怎么会如此大方，供应他零食无限吃呢。

面对志哥殷切的眼神，纪承彦若无其事地说："我怎么开口，我又联系不到他。"

"你不是有他电话吗？"

"哪有啊。"

志哥嘿嘿道："不就是当时你手上写的那个嘛。"

"……"

之前他手上马克笔的印子拿水冲搓不掉，找志哥讨了一罐啤酒来洗，剩下的当然顺手喝了。志哥不愧是老奸，不，老姜，那么一眼就发现了。

纪承彦有点尴尬。

主要是，他不想志哥，或者任何人，觉得他跟黎景桐之间有什么。

为表清白，纪承彦坦诚地一摊手："我洗掉了啊，没记住啊。"

志哥用要杀人的、暴殄天物的、痛心疾首的眼神看着他："没记住？"

"是啊。"

"影帝给你手写了私人手机号码，你居然没记住？"

"……"

"把刚吃的都给我吐出来！啊！"

"……"

志哥正掐着他的脖子来回摇晃，桌上的手机响了，志哥看了一眼，猛然松开双手，纪承彦立刻"噢"地连人带椅子扑通一声仰天摔倒在地。

没等他出声，志哥神色肃穆道："嘘！是黎景桐的经纪人。"

"……"

纪承彦四仰八叉倒在地上，看着志哥笑容可掬地接起电话："你好你好。"

"……"

志哥卑躬屈膝道："是的是的。"

"……"

志哥喜笑颜开道："好的好的！"

挂了电话，志哥转头满面春风地对他说："有戏有戏！"

"……"

"黎景桐答应跟我们谈谈！"

"……"

想到美好的前景，志哥乐得合不拢嘴，也不跟他计较那被吃掉的十袋"薯条三兄弟"了。

纪承彦有点扫兴。

没想到还真的可能有再跟黎景桐合作的机会。他对此一点都不期待，更不用提愉快二字。

回家的时候下起了倾盆大雨，纪承彦没带伞，湿漉漉地跟着下班的人潮挤进地铁。

没有什么人认得出他，即使认出来也不会有任何轰动。

他习惯了这样的生活。

曾经开着超跑、意气风发的时光不仅一去不复返，而且简直就像从他人生片段里消失了一样。

他不介意潦倒、拮据。

不求上进并没有什么不好，稳定地垫底，那起码也是一种稳定，是吧。

比起臭烘烘的车厢，他更讨厌的是黎景桐那样的存在。

格格不入，却又强行要在他暂且稳定的人生表皮上撕一个口子，硬挤进来。

这令他觉得烦躁，他不喜欢自己平稳的生活里发生这些不安定的事。

这日大清早，纪承彦还在沙发上抱着空的爆米花袋子熟睡，就被志哥的电话吵醒了。

志哥的声音里是压抑不住的亢奋："来来来，小纪，赶紧打扮打扮，出来接客了。"

"啊……什么事啊？"

"黎景桐约了我们喝咖啡！"

"哦……那不关我的事吧。"

"怎么不关！就关你的事！人家还特意挤出时间来跟我们对流程！赶紧的，收拾干净点！打扮漂亮点。"

"……"这到底是打算叫他去干吗的啊。

纪承彦脸都没洗就直接出门了。

志哥见了他那蓬头垢面的尊容，登时一副恨不得掐死他的表情，压低嗓音对他说："我不是叫你打扮打扮吗？！"

"我哪敢让影帝久等啊，是吧。"纪承彦振振有词，"当然得抓紧时间，总不能坐下来化个妆吧？"

志哥恨铁不成钢，但还是殷勤地让他坐在黎景桐对面。

青年和他四目相对。

视线交汇，对方的眼神清澈如一汪泉水，纪承彦头皮顿时有点麻，瞬间只觉得自己眼中藏污纳垢，无法直视，只能低头喝东西。

这是尴尬的表现。

他一次也没打过电话给黎景桐。

因为他觉得完全没有打的必要，甚至黎景桐本来也就不该留那个电话。

太多余了。

一切到那天为止就该结束了，巴厘岛上的一切都该留在巴厘岛。

黎景桐说："上次时间比较紧张，没来得及配合你们的脚本，这回想事先和你们对一下。"

志哥忙说："不需要不需要，你即兴发挥就很好了。"

黎景桐笑笑："我怕我太随性了，会让纪前辈不高兴。"

这一句说得太吓人了，给了他这么一顶硕大的帽子。以黎景桐那天使般的面孔，还让人分不清是恭维还是讽刺。但通常来说，讽刺的概率是比较大的。

志哥立刻看向他，纪承彦一颗椰丝球含在嘴里说不出话。

志哥咬牙切齿地用眼神在催促暗示他：说两句！快点给他来两句恰到好处的马屁！

纪承彦赶紧把椰丝球吞下去，笑道："哪能呢，你做什么我都会很高兴！"

黎景桐于是微笑了。

谈完事情，志哥忙不迭地去结账，顺便强行拉上黎景桐的经纪人话家常，留下他们两人面面相觑。

纪承彦咳了一声，有点想抽根烟。

这实在是太尴尬了啊。

青年一声不响地看着他，一副等他先开口的模样。

当然了，他是有点太给脸不要脸了。别说黎景桐，现在那些当红点的二线明星，能对他示好，理论上他都该立刻上去跪舔。

毕竟一个穷节目穷班底，还想怎么样，稍微红点的，哪个没给过他们脸色看啊。

他知道志哥是给他制造点空间，让他有机会单独跟黎景桐道个歉，给自己留点后路，得罪身在高位的人是很不好的。

这时候就算黎景桐嘲讽他、辱骂他，他也得点头哈腰地受着。

不过这没什么，挨骂素来是他的强项啊。

纪承彦咳了一声："那个电话的事……"

青年蓦然脸红了，说："抱歉。"

"啊？"

"是我太急进了。"

"……"

青年垂下睫毛："可能令你感觉不好，也可能是我自我感觉太良好了。"

"……"

青年目光盈盈，似有千言万语，一副欲说还休的样子。

"虽然我有点失落，但偶像不打电话给粉丝，这是很正常的。我能理解。"

"……"

青年坚定地说："我会等的。"

纪承彦："……"

纪承彦心想，干吗啊，看起来这么委屈可怜，像是被始乱终弃了一样，明明那天他才是吃亏的那个人好吧？！

　　黎景桐第二次来参加他们的节目,大家还是很激动,兴奋程度一点都不比上一次来得低。众星捧月是必然的,全程黎景桐都被团团围住,众人瞩目,那几个女星更是恨不得一人一口把他吞了。

　　纪承彦在这一档节目里经历过无数次的嫌弃,永远稳定垫底,而这期终于表现出咸鱼翻身的姿态,成功和一个年轻貌美的女星敏儿搭档成功。

　　反倒是人气最高的黎景桐落了单。

　　主持人问敏儿:"你为什么会愿意选择他啊?"

　　敏儿红了小脸,笑道:"时间久了,还是会有感情的。"

　　这屌丝逆袭女神的励志情节,其实当然和走狗屎运无关,而和节目剧本有关。

　　顺便,按照剧本,敏儿虽然选择了纪承彦,但是对黎景桐依旧有那么点说不清道不明的情愫。

　　黎景桐这一边,最好的效果,是他能回应以若有似无的暧昧。

　　他要是不想配合,那当然也完全没关系,黎影帝有着可以无视剧本走向的特权。

　　至于纪承彦嘛,剧本上没他什么具体事,反正他只要把备胎和屌丝的角色发扬光大就行了。

　　节目录制进行得甚是顺利,很快到了拉收视率的吃巧克力棒环节。

　　哪一组的巧克力棒剩得最短,就能获胜,这个老套的环节堪称暧昧之最,屌丝福利,收视高,气氛热,每次现场都能充满此起彼伏的

尖叫和嬉笑声。

纪承彦准备要和敏儿同吃一根巧克力棒了，摄像机就位，纪承彦立刻应景地露出色眯眯的眼神。

设定里，他们这组剩余的巧克力棒最终将会是第二短的。开始他们领先，之后会有一个反转，另一组为了超越他们而含羞带怯地把巧克力棒吃光，制造一波看点。

当然纪承彦会很小心，在保证节目效果的情况下，他尽力避免真的触碰到合作的女明星，给对方造成任何不适。

他在这方面有分寸讲礼貌是众所皆知的。虽然节目给他的定位是猥琐，但实际的人品有目共睹，因而他在女星中的人缘其实挺不错，大家都对他很放心。

镜头前，纪承彦已经急不可耐地把巧克力棒叼在嘴里了，敏儿则羞红了脸，以手掩嘴微笑，踟蹰不前。

眼看就要上演鲜花插在牛粪上的大戏了，一直立于旁边的黎景桐突然有了动作。

他上前一把拉开敏儿，果断挡在她身前，说："我来替她吧。"

现场一时间鸦雀无声，片刻之后，大为哗然。

"天喽！好体贴啊！"

"为了敏儿，景桐他真是什么都愿意啊……"

"这就是默默地爱吗？"

"好感动，怎么办，我都要脸红了！"

"……"

纪承彦眼前一阵阵发黑。

他真是莫名其妙地中一发流弹啊。

　　黎景桐这家伙，就算要制造英雄救美的效果，也不用这样吧，为何每次都要波及他这样的无辜路人？

　　然而黎景桐都发话了，众人已经在起哄了，他难道能在这时候撂挑子说"老子不干"吗？

　　显然不行啊！

　　什么脏活累活不是他干的，他就是专门干脏活累活的！

　　纪承彦脸上的贱笑都僵了，看着黎景桐一脸认真地把自己这张俊秀清丽的面孔凑过来，他心里那个苦啊，也只能硬着头皮，把心一横，总算克制住自己临阵脱逃的冲动。

　　收视率，一切都是为了收视率啊！

　　两人小心含着同一支巧克力棒的两端，细细的巧克力化得很快，才几秒的功夫，他们已经靠得很近了。

　　他感觉得到黎景桐的呼吸，那点清新的温暖的气味。

　　这令他从脚底到头皮都发麻了。

　　他知道了，这种感觉就叫作尴尬！

　　围观群众都在从丹田深处发出各种惨不忍睹、惨不忍闻、闻之欲呕的尖叫，根本不需要刻意营造气氛，现场已经嗨翻天。

　　皮厚如纪承彦也觉得招架不住了，他认怂了，他视死如归地闭上了眼睛。他总算理解那些和他搭档的女明星的绝望心情了！

　　巧克力棒越来越短，纪承彦终于憋不住想放弃了，然而在他松嘴之前，他碰到了黎景桐的嘴唇。

　　纪承彦心中顿时万马奔腾，无数脏话打着马赛克飞驰而过。

　　然而没有人理会他内心的咆哮，围观群众歇斯底里的尖叫声已经快把摄影棚给掀翻了，大家脸上都是毫不掩饰的大写黑体字"黎景

桐为节目为敏儿牺牲了自己！"的感动和心疼。

志哥一把紧紧握住黎景桐的手："辛苦你了，辛苦你了！景桐！"

纪承彦心想：什么世道啊这是。

他才是倒了大霉的那个呢，本来他的对象是清秀可人的少女偶像敏儿好吗？！

现场吃点亏也就算了，可怕的是志哥那激动劲儿，这段剧本之外的素材，是肯定不会被剪掉的了。搞不好还会加上一大堆特效，被放在片头！循环一百遍！

以节目播出之后的影响之深远，他简直不敢想象黎景桐的粉丝会怎么骂他！

一人一口唾沫都能把他淹死了啊！

不仅他的苦大仇深完全被人无视，志哥还雪上加霜地进一步采访黎景桐："景桐啊，我记得你说过，承彦是你偶像？那么你刚才，感觉如何？"

纪承彦在心中崩溃地大吼，这还有完没完了啊？！这个"巨星的过气偶像"的梗你们到底要玩到什么时候啊！

黎景桐腼腆一笑，因为皮肤过于白净的缘故，他看起来像是脸红了："我啊，我很紧张。"

"……"

在众人的笑声里，志哥又问："那作为获胜组，这里有什么你想要的奖励吗？"

黎景桐问："什么都可以吗？"

"当然！"

这奖励的范畴自然是场上的各位，通常来说，他可以要求心仪女星的一个拥抱啊, 一次甜言蜜语啊之类。

在女星们的羞赧和窃笑里, 黎景桐也显得很拘谨。害羞地微笑了一会儿, 他开口了:"我想要纪前辈的电话号码。"

场上又是一片人仰马翻的哗然。

志哥说:"承彦的电话? 那又不是什么稀罕东西, 你直接跟他要不就行了吗? "

黎景桐很腼腆:"这, 我平时不好意思开口, 他是我偶像啊。"

志哥说:"那你等等, 他的电话、住址, 我待会儿就写给你。"

"……"

纪承彦心想: 喂! 你们问过我的意见吗?

黎景桐倒是个懂事的年轻人, 他立刻说:"这还是需要问问前辈的意思。"

"……"

此言一出, 大家都齐刷刷地看着他。

难道他能说不行吗?

纪承彦只能强颜欢笑, 大言不惭道:"当然没问题啊, 哈哈哈。待会儿我给你写在手上, 亲笔! "

其实正如志哥所说, 他的联系方式又不是什么稀罕东西。在摄制组里, 外卖的电话都比他的值钱呢。黎景桐若是想要, 多的是间接入手的方法。

只不过黎景桐要的是他亲手给的而已。

这种郑重、正式、正经, 让他很不自在。

下一场录的是冲关挑战的环节，两个台子之间距离略大了一点，敏儿不知是害怕还是矜持，死活不肯跳。

纪承彦只差没跪下来求她了："哎哟！我的姑奶奶呀……"

敏儿纠结地咬着一口细牙："这、这我跳不过去呀，我小时候跳远从来都不及格的！"

纪承彦没辙了，他豁出去了，他果断俯下身，往那一趴，用身体在两个台子之间架起一座桥。

"来呀，踩着我过去呀！"

"……"

敏儿小心翼翼地把脚放到他背上，现场又是各种闹腾，小姑娘们都紧张地捂着嘴尖叫。

这正是志哥喜欢他的地方。他善于也乐于牺牲自己为节目营造这些看点。除了特定的偶像之外，综艺节目需要的就是大家放得开，放得越开效果越好。

他这样毫无包袱、毫无自尊，简直是天生的综艺材料。

待得敏儿踩着他顺利到达对面台子，志哥问："承彦，你还好吗？"

纪承彦露出过分夸张的龇牙咧嘴的表情来，以掩饰他背上真实的疼痛："我很好！如果是敏儿的话，我还可以再来十次！"

一片笑声之中，他看见黎景桐的脸色变了。

果然录完出来，黎景桐就立刻来找他了。

"前辈。"

纪承彦说："嗯？"

黎景桐看起来忧心忡忡："你没事吧？"

"没事啊，"纪承彦知道他指的是什么，"敏儿又不重。"

当然被一个成年人踩在背上，肯定是不好受的，但以他来说，这个真不算什么。

当年最潦倒的时期，他还去码头扛过货呢，现在的年轻人知道那些货箱是什么分量吗？

反倒是青年那种痛心疾首的表情，让他觉得自己像是真的遭了天大的罪似的。

黎景桐说："前辈，我觉得这种工作，真的太磨损你了。你完全可以拒绝的啊。"

"那怎么行，"纪承彦正色道："人怎么能为了尊严，而放弃钱呢？"

黎景桐："……"

安静了一刻，黎景桐又问："前辈，你等下打算怎么回去？"

"坐公车啊。"

"不如我送你吧。"

"不用了。天都要亮了，让司机跟助理都早点下班休息呗，别折腾他们了。"

黎景桐那个保姆车多么醒目啊。再说他跟住在市中心高尚地段的黎景桐不一样，他住在郊区得不能再郊区的地方，简直都要到邻市去了。

录完一个通宵，苦等黎景桐的那些随行工作人员都等得十分疲乏，还得反方向大老远送他这个十八线艺人一趟，心里不得恨死他了啊。

黎景桐说："不，是我自己开车送你。"

"……"

"能送你回家是我的荣幸,真的。"

纪承彦也就顺水推舟了,对他这种毫无气节的人来说,没理由放着豪车不坐去搭公车,尤其是在这精疲力竭的时候。

黎景桐将他那台保时捷帕纳梅拉从车库里开出来,男人就没有不喜欢车的,纪承彦也不由得多看了两眼。

"换车啦?"

他记得黎景桐之前有台很酷炫的法拉利。

"嗯,"青年说,"这个低调点。"

"……"

有钱真好啊,买豪车就跟买菜似的。

青年说:"前辈你累的话,可以在后座休息。"

"不了。"他要是大摇大摆坐后面去,把黎景桐放前面当司机,那也未免太不知天高地厚了,这点礼貌他还是有的。

他坐在副驾上,和黎景桐并肩,黎景桐好像挺开心。

黎明之前的道路上空荡荡的,通畅之极,和这城市日间拥塞的交通判若霄壤。

然而黎景桐开得并不快。

纪承彦心中暗叫浪费,就这破速度,对得起这车的动力吗?换成他的话,还不得猛踩油门,开得飞起来!

黎景桐突然开口:"纪前辈。"

"嗯?"

"你真的喜欢这个工作吗?"

"喜欢呀。"这是个稳定的带状节目,报酬可以让他在这个消费奇高的繁华都市里有容身之所,有吃有穿,这已经够幸运了。

娱乐圈看起来繁花似锦，遍地黄金，其实日子过得朝不保夕的底层艺人多得是呢。

"可是你的才华，在那里根本是无用武之地。"

纪承彦知道，黎景桐指的是节目里，对自己的搭档献舞表白的环节。

他当时大秀了一场颠三倒四、天雷滚滚的"舞技"，还以失败的托马斯旋转收尾，笑得大家直打跌。

也许除了黎景桐之外，场上无人记得，他曾经是一个多么出色的舞者。

在当年那个组合里，所有高难度的舞蹈动作都是交由他来消化，没有他做不到的，他一度是台上最强的。

然而他功底有多扎实，这并不重要，因为没有人会想看纪承彦耍帅的，大家都只想看他耍宝。

黎景桐说："我觉得，你一直在这种节目待着，太浪费了。"

纪承彦笑了："浪费什么呀！"

固定班底是想上就能上的吗？他要是甩手不干，立刻来填补他位置的人多的是。

"你应该有更好的舞台。"

纪承彦闻言"哦"了一声，说："看来你还真是我的粉丝啊。"

青年像是有点脸红了，他低声说："我本来就是啊。"

"你好像很希望我能重新走红。其实红起来对你有什么好处，偶像不红才是好事啊，红了以后又难接近，票又难买。"纪承彦叼着烟，并不点燃，嘴上说，"或者是，你觉得你崇拜的是个过气明星，这太丢脸啊？"

黎景桐说："不，我只是希望你开心。"

纪承彦嬉皮笑脸道："我现在不开心吗？"

"是的。"

"……"

"这不是你想要的生活。"

纪承彦突然有些郁闷了："你懂什么呀。"

青年看着他，说："我懂的。"

"……"

"你现在就是不快乐啊。"

纪承彦不耐烦道："哪来的不快乐？现在日子不是挺好的嘛，我又没有想红。"

青年认真地说："不是走红不走红的问题，而是，你不该只是个通告艺人，你就应该是个优秀的演员，或者歌手。不对，其实你就应该去演电影，大屏幕才是你最有生命力的地方。"

"……"

纪承彦说："你烦死了啊。"

"……"

"我应该做什么，不应该做什么，这是你来说了算吗？"

"……"

"我就喜欢现在这样的生活，没出息是吗？我就是喜欢没出息呀。我想过什么样的生活，难道我自己不能决定，还得别人指手画脚？"

安静了一刻，青年说："对不起，前辈。我措辞不当了，其实我不是那个意思。"

而后便一路无话。

好不容易车子到了他所住的小区外头，纪承彦在车里憋坏了，一开门下车，他就赶紧把烟点起来。抽着才走了两步，突然听得黎景桐叫他："纪前辈。"

纪承彦叼着烟，漫不经心地转过头来："什么事？"

青年像是斟酌了一下，开口说："前辈喜欢过什么样的生活，当然都是你的自由，我是没有资格说三道四的。"

"哦。"这觉悟就对了啊。

"只是，如果前辈觉得现在的生活并不开心，想有什么改变的话，可以找我。"

纪承彦笑道："干吗，你要助我上位吗？"

青年直视他，道："你愿意的话，我的资源都可以为你所用啊。"

"……"

纪承彦心想：白痴吗？说这种话？

能混到这地位，不至于那么单纯傻白啊。这家伙难道会不知道自己是怎样的一棵大树，有多少人想方设法要像藤蔓一样攀附他，把他吸干吗？

黎景桐不会是有种错觉，以为他这个前辈高风亮节，不屑于那么做吧？

笑死了，事实上还能有比他更没节操的人吗？

纪承彦有些烦躁:"你赶紧回去睡吧。"

青年说:"那我,不叨扰前辈了。"

黎景桐的车子消失在渐渐明亮的曙光里,纪承彦才想起,人家辛苦送他这一趟,他连一句道谢的话也未说过。

Chapter 3

你的眼睛里
ni de yanjing li
有星星
you xingxing

过了一些日子，百无聊赖的纪承彦接到一个陌生电话。

纪承彦懒洋洋地开口："喂？"

现在会给他打电话的，除了那几个狐朋狗友，就只有送快递的，还有卖保险的。

电话那头有个年轻的好听的声音在说："纪前辈。"

"哎？"

"纪前辈，不好意思打扰你，我想问问，你今天有时间吗？"

纪承彦第一反应是拒绝，然而未及开口，他又听见黎景桐说："我想请你吃个饭。"

吃饭啊……

纪承彦顿时犹豫了。

吃对他来说可是人生的头等大事。这毕竟是白吃的晚餐呢。

加上黎景桐应该不是个小气鬼，又比较有钱，说不定会请他吃点好的呢？

就像听见了他的心声一般，黎景桐继续说："有一家跟我相熟的餐厅，刚刚通知我，他们今天有批刚运到的新鲜螃蟹。他们的黑胡椒蟹特别好，白胡椒蟹和辣椒蟹也不错，你要是喜欢原汁原味一些的，还有黄油蟹和螃蟹米粉可以选……"

"……"纪承彦看着自己准备拿来当晚餐的一块方便面和小半碗口蘑。

纪承彦说："咳，我来翻翻行事历啊，看看晚上有没有时间。"

黎景桐在那头笑道："好的。"

纪承彦装模作样了一会儿，说："哟，可巧，晚上刚好空着，你要请我吃饭是吧？在哪？"

纪承彦火烧屁股般地赶到了黎景桐说的地点，这是家做新加坡风味海鲜的餐厅，光是看到门口大螃蟹的招牌，他的口水状已经泛滥成灾了。

黎景桐比他早来一步，已在等着，见了他，便站起来，微笑着迎接他。

"我怕前辈饿了，就先点了一些。"

纪承彦故作矜持："哦，点了什么？"

"因为不知道前辈喜欢吃什么，每种做法的螃蟹我都点了一份，"黎景桐道，"看你比较喜欢哪些，然后再追加，好吗？"

好好好！简直好得不能再好！

纪承彦心中直呼靠谱！他对黎景桐的观感立刻上了一层台阶！

才坐下来喝了杯清凉的马蹄水，点好的菜便陆续上来了。纪承彦猝不及防地，鼻腔里迅速充满了鲜辣的香气，令他的唾液腺立刻不争气地有了反应。

黎景桐说的每种点一份，还真是实在话。香辣蟹、黑胡椒蟹、白胡椒蟹、黄油蟹，还有些牛油虾、柚子酱扇贝、蒜蓉蒸竹蛏，满满摆了一桌子。除了一道砂锅螃蟹米粉汤之外，黎景桐特意没点其他主食，饭啊面啊之类的可以迅速填满肚子的东西统统没有，看样子是做好让他敞开来吃海鲜吃到饱的心理准备了。

纪承彦不由得深受感动，这家伙请吃饭。确实很有诚意啊，简直是粉丝界的楷模！

纪承彦光用眼睛看，就已经蠢蠢欲动，"饥"火中烧，恨不得把盘子里的蟹一股脑儿扒拉进自己嘴里，然而见黎景桐并不动手，他还是提着筷子，稍微客套了一下："咳，你先你先。"

黎景桐笑道："前辈先用吧，这是专程为你点的。"

既然这样，他也就不客气了，纪承彦立刻从善如流、左右开弓、大快朵颐。

这家的蟹看起来个头肥大，壳子硬实，足有一公斤来重，蟹钳威风凛凛，一副生前能轻松夹断他的手的凶悍模样。

然而经过厨师事先的敲打，其实蟹壳一剥即开，轻易便露出完整的大块饱满蟹肉。

一口下去，肉质之扎实惊艳，令纪承彦觉得他寡淡的文采完全无法形容这人间美味。蟹肉浸在浓稠的酱汁当中，胡椒浓烈的口感丝毫没有影响它本身的甜美，反倒在蟹肉入味之余，更显得汤汁鲜美。

纪承彦吃得停不下来，把仅有的餐桌礼仪和偶像包袱都抛到九霄云外去了，甚至都顾不上抬头去敷衍对面那个负责埋单的金主。

黎景桐显然不以为忤，微笑地慢慢剥着虾壳，认真看着他吃了一盘又一盘。

纪承彦吃得欢，黎景桐看得欢，倒也宾主尽欢，其乐融融。

连吃了三盘，纪承彦才缓过一口气来，对着眼前风卷残云后的空壳，他只得单手握拳放在嘴前，装模作样地咳了一声。

不能怪他，毕竟他最近天天在吃泡面啊。

黎景桐问："还合前辈的口味吗？有哪几道需要加点的吗？"

纪承彦又咳了一声："不用不用。"饶是他有饭桶之名，这一桌也够了。

在请客吃饭这方面,黎景桐的确是个实在人。

恢复理智的纪承彦总算得以用比较斯文的姿势,慢条斯理地拆着剩余的辣椒蟹。

黎景桐说:"其实,这次约前辈出来,是有事想跟你商量。"

纪承彦暗道:来了!

不过不管黎景桐提什么要求,他都不介意。能这样敞开来撒欢地吃一顿,让他干什么都值得啊!

"我最近看了个挺有趣的剧本。"

"嗯?"

"里面有个角色,我一看,就想起前辈你了。"

"嗯?"

"我想请前辈去试镜。"

"啊?!"

"真的,我觉这个角色特别特别适合你,"青年又说,"当然了,不是指他跟你像,这个角色肯定是不及你可爱的,而是,我觉得你能很好地把他演出来……"

"哦,是吗……"纪承彦打着哈哈。

能递给黎景桐的本子,哪个不是大制作,里面的角色但凡有个台词的,哪个不是一堆人抢着上。讲真的,光是各种各样的投资商关系户都塞不进去了,能有他什么事啊。

于是接下来他继续一心扑在面前的螃蟹上,黎景桐的细心讲解,他统统左耳进、右耳出了。

末了,黎景桐道:"我和导演通过气了,这是剧本,前辈你有空可以先看看。"

纪承彦一手接过，满口答应："好好好。"

回到家里，纪承彦觉得这回实在是吃得有点撑啊，但又不知道要做点什么来消食。

他也没什么娱乐，想了一想，无聊之际，就把那剧本随手拿起来，翻了一翻。

然后他就一直看到了大半夜。

黎景桐愿意接的本子，的确是够扎实。黎景桐在餐厅里说的那些他是一点也没记住，然而现在，只这么一看，他就知道黎景桐想让他演哪个角色了。

的确是个配角，还是个反角，还挺变态。

但那种故作狂妄，实则卑微的姿态，又无良，又残暴，又余了几分支离破碎的纯真。

他真的都有点想演了。

他甚至不要脸地觉得自己能演，而且他不由自主地就揣摩起那个角色临死之前的那一回头了。

好带感啊……

纪承彦放任自己在幻想里畅游了一会儿，待回过神来时，那刚刚燃起的一些小火苗，被他果断地一脚踩灭了。

他不能这样，不能回头。

娱乐圈是有瘾的。

有些事情，决心放下的时候，看着也便放下了，而后风平浪静的，像是已经彻底了断，再无波澜。

然而一旦再沾了点边，瞬间就会星火燎原，前面那些辛苦戒除的努力统统白费。

　　纪承彦躺在床上，默默地又抽了根烟，而后一甩手将那剧本扔了。

　　然而过了两日，黎景桐又打电话来了。

　　"前辈，你看过剧本了吗？觉得怎么样？"

　　纪承彦清清嗓子："哦，故事挺好的。"

　　"那……那个角色呢？"

　　"……"

　　黎景桐问："前辈有兴趣吗？"

　　"……"

　　"我觉得前辈肯定会喜欢的。"

　　"……"

　　"七匹这个角色，戏份不多，其实是很有厚度的，虽然编剧没在他的背景上费什么笔墨，但他显然是个有故事的人，我特别喜欢他跟肖潇讲的那一段话……"

　　纪承彦在心中大吼大叫："别说了啊！"

　　再说下去，他心里那种麻麻痒痒的感觉又要蔓延开了，有什么东西蠢蠢欲动地，要从他的心底发出芽来。

　　黎景桐说："前辈有兴趣的话，今天下午来试镜，好吗？我把地址定位发给你，我会等你过来的。"

　　"……"

　　纪承彦在床上四仰八叉地发了会儿呆。

　　他跟自己说，要是不去的话，黎景桐得多失望啊，毕竟他吃了人家那么大的一顿蟹宴，不能让人白等，是吧？

　　而且又不是去了就能上，十有八九上不了。有啥好纠结的，多大事

儿啊。

这样吧，他心想，跑一趟，就当是去玩的呗。

纪承彦这回没有搭地铁，他破费叫了辆出租车。

在踏进那大厦的时候，他竟然有了那么一点，接近于紧张的情绪。

待上了楼，见得人头攒动，纪承彦一时有些茫然。

他在张望之时，倒是黎景桐先一眼看见他，立刻露出笑容。

青年的高兴是真心实意的："前辈你来啦。"

"嗯……"纪承彦反倒有些拘谨了。

"我打过招呼了，不过人有点多，你可能需要再等一会儿。"

纪承彦立刻说："不急不急。"

黎景桐陪他在另一房间坐着，立刻有助理上来递茶送水。纪承彦心想比起其他人，他这待遇也未免太好，无怪人人都想抱大腿。

而后他看见了一个人。

那男人只是从门口经过，略微站了一站，大约是停下来和其他人说话，不过数秒，便匆匆离开了。

他没有看见纪承彦，纪承彦也只来得及看到他的侧影而已。

男人身量笔挺，仪态尊贵，英俊不凡。在他的记忆里，没有比这个人的侧影更完美的剪影了。

纪承彦迟疑了一阵，说："刚才那个，是贺佑铭吗？"

黎景桐说："对。"

纪承彦声音有些颤抖："怎么？他也有份？！"

黎景桐答："这个片子是双男主呀。"

纪承彦被烫着了一般，站了起来："我先回去了。"

黎景桐有些讶异："前辈?"

"我不试镜了。"

"……"

纪承彦匆匆去搭电梯下楼，黎景桐一言不发地在背后跟着他。

电梯被一通乱按，结果停在地下停车场，纪承彦更烦躁了。见黎景桐亦步亦趋地如甩不掉的影子一般，他愈发觉得心中有股无名火在烧。

"你跟着我干什么? 你很闲吗? "

青年叫他："纪前辈。"

纪承彦点了一根烟，用力吸两口，才回头："什么事? "

青年定定望着他，并不立刻回答，过了一阵，青年才下定决心一般开了口："前辈，选择过什么样的生活，当然都是你的自由。"

"……"

青年说："但，我只是觉得，如果一段感情，一个人，就能击垮你，那么这世界上任何一样东西都可以轻易把你击垮的。"

纪承彦有种被触及伤疤的恼羞成怒，当即吐掉嘴里的烟屁股，涨红了脸说："瞎说什么呢你，谁击垮我了，造什么谣呢你? "

青年愣了一愣："我……"

"你懂什么啊，你懂个屁! 就你，吃过的米还没老子吃过的肉多呢。老子走红的时候你还穿开裆裤呢，你能知道些什么呀，凭什么说三道四呢你。"

这位新晋的影帝被他骂得有些惶然不安："对不起啊，前辈……"

"你不觉得你管得太宽了吗？"

"我……"

"我求过你帮我吗？不要这样一厢情愿好吧？"

"……"

"你以为你是上帝吗？我一定需要你拯救吗？你是谁啊你。"

纪承彦也不管万一别人听见他这么对影帝说话，会不会口吐白沫晕过去，反正他把黎景桐逮着恶狠狠地臭骂了一通，然后拍拍屁股走了。

路上他又去便利店买了两打啤酒，拎回家喝个够。

他在自己酒气熏天的小公寓里，一听又一听地拉开那些易拉罐，那声响就犹如当年庆功宴的烟花一样。

大家都笑话他，但其实他是真的走红过的。

那时候他风头无两，跟贺佑铭合演的第一部电视剧便创下收视纪录，然后又作为组合出道，首张专辑一炮而红，后面更是一路刷新销售纪录，接着又开始跨刀主持界，有了自己的节目，然后又走上电影大屏幕，而后在密集到令人无法喘息的工作安排中，越来越成功。

他是从什么时候开始过气的呢？

所有人，包括他自己，都清楚。

是从T.O.U解散开始的。

T.O.U一解散，他就立刻以惊人的速度坠落、陨落。生冷不忌的绯闻，生活糜烂的丑闻，大闹片场，迟到早退耍大牌的传闻……

这圈子永远不缺少新人，也不等待旧人，他只用了两三年，就从巅峰到了谷底。他一度甚至居无定所、食不果腹，要靠一些不舍得放弃他的粉丝接济。

而他在T.O.U时期的搭档——贺佑铭，在解散之后的第一张单飞专辑便火热大卖，而后是比以前更铺天盖地的广告、片约。

那一年里，电视台从早到晚的广告，都是贺佑铭的脸，宛如占据和征服了整个世界。

相较于他的高台跳水，贺佑铭则比之前更为成功。

不止如此，解散第二年，贺佑铭就宣布了和映星娱乐公司的老总千金订下婚约的消息，而结婚不仅无损贺佑铭的人气，舆论还称他为有担当的优质偶像，令他事业更上一层楼。

谁都知道再往后，映星娱乐十有八九就是他的了。

这是真正的迎娶白富美、出任CEO，走向人生巅峰的赢家之路。

他们两人，一度并肩而立。如今一个在地，一个在天。

一个急降直下，翻身无望；一个春风得意，如日中天。

一时间成了媒体用以对比感慨的谈资。

一直到后来，有个制作人朋友实在看不过去，邀请他参加综艺节目，纪承彦那种破罐子破摔的搞笑风格倒也自成一派，从此成了固定班底，总算有口饭吃。

有人问过他，后悔吗？如果不是那时候过得那么混乱，那么不争气，哪怕单飞之后光环不再，也不至于狼狈如斯。

纪承彦叼着烟说："后悔什么呀。"

他不是逞强，他是真的不后悔。

他几乎是，心甘情愿这样堕落。

他想起那时候，自己在一波未平一波又起的丑闻中嬉皮笑脸，那

个人看着他的,痛心的、内疚的眼神。

他要的也只是这样而已。

他就是要让自己过得稀烂,以报复那个人。

成不了那人眼中的珠宝,那就做脚底的狗屎吧。

总要有一点其他的什么感情,好让那个人对他念念不忘,耿耿于怀。

只是不知不觉,已经十六年了。离T.O.U解散,也十年了。

那个人还记得他吗?还有任何的愧疚之心,不忍之感吗?

他不清楚。

估计,也许没有了吧。

但他已经这样了,而且也只能一直这样下去。

纪承彦把手上剩下的啤酒一口灌完,而后倒头就睡。沙发上乱糟糟的,有着烟灰、酒渍、杂志、衣服、易拉罐,连个能舒服睡觉的地方都没有。

事已至此,幸而夜风对他温柔。

电影试镜的事不了了之,人家对他的印象多半恶劣有加。纪承彦没什么所谓,他破罐子破摔惯了。

但黎景桐也没再来找他。

他知道他伤了黎景桐的心,如果那家伙是真的有心。

其实他已经不相信人类还会有心了。

纪承彦这段时间,比起往日,倒是多了点工作,他陆续接到几个谈话节目的通告,尤其今日要录的这个,名气还挺大。

他当然知道是为什么。

这是之前那特辑上和黎景桐互动，给他带来的话题性。

换句话来说，这些节目就是请他去聊黎景桐的。

黎景桐公开表示他是自己年少时候的偶像，多少为他吸引了一些关注。不管大家看法如何，这个主题还是很值得一聊的，哪怕观众嘘声一片把他骂成烂渣呢。

有人骂就表示有人看啊，做节目不就是为了收视率吗。

果然录制过程里，所有抛给他的话题，都和黎景桐有关。

"你知道黎景桐是怎么描述你的吗？他说你以前风华绝代。"

在众人的哄笑声里，纪承彦说："这词不合适吧。怎么也得是英俊潇洒、玉树临风之类嘛。"

"据说你当年的风姿，是现在全盛时期的他也无法企及的高度呢。"

脸皮厚如纪承彦，也无法坦然收下这样的吹捧，只得说："这怎么可能。我虽然的确曾经很帅，但和他比呢，还是要差一点点的。"

男主持人笑道："那就让我们来看看纪承彦以前的样子吧。"

现场屏幕上放出纪承彦甫出道之时的照片。

十六岁的他，春日勃发的嫩芽一般的少年。

那个年代的造型和拍摄手法，就现在看来，都过于土气老套了，但掩不住那张青春洋溢、灵气逼人的脸。

现场为之哗然。

"哇！这……这是真的帅啊。"

"那双眼睛！天啊，我觉得我被电到了！"

"这根本不是同一个人吧！"

"你是偷了谁的照片来糊弄我们啊？"

纪承彦于是风度翩翩地起身行礼，感谢致意，一本正经地全数收下他们那些难以置信的惊呼和表情。

其实十六年，说短不短，说长也不是特别长。

正如你朋友十六年前的样子你多半还能记得，这时间还不足以令天荒地老。

然而在演艺圈这种更新换代得飞快，人的记忆和热情都分外短暂的地方，一个偶像的兴起和没落，周期通常只有短短几年。

十六年，这简直像是几个世纪一样，漫长到足以让所有人都忘记他。

"那时候你的眼睛，真的特别亮啊！"女主持人颇真挚地说，"就像是有星星落在你眼睛里。"

未等纪承彦对她罕有的肯定表示感谢，她又正色道："那为什么你现在会差这么多啊？"

纪承彦说："没差呀，我以前六十八公斤，现在八十六公斤，差不多呀。"

"……"

男主持人又问："黎景桐说过，他是你的粉丝，那他有追过你吗？"

"哈？"纪承彦说，"追？他干吗要追着我，我欠了他钱吗？"

女主持人翻了个生动的白眼，咬牙道："不是那种追！影帝亦凡人！说不定他也会追星啊。"

纪承彦冷笑道："呵呵呵……"

如果要分享的话，黎景桐和他的互动尽管并不多，却是随便一条都可以成为话题。

在这即使没任何实际关系，都要捕风捉影制造新闻的圈子，合个影就能炒成绯闻，在同一个餐厅露脸就能写成交往甚密。只要他把黎景桐送他回家、请他吃饭、邀他共演电影，诸如此类的事绘声绘色地讲一遍，加上媒体的添油加醋，起码这几个月都不怕没通告接了。

纪承彦正色道："并没有。"

"真的没有？"

"当然啊，他怎么可能真的是我粉丝啦！"

女主持人不依不饶地说："那辑节目我又不是没看过，他明明就是这么亲口说的嘛。难不成还是你们后期配音啊？！"

纪承彦道："出于礼貌他才这么说吧。他是众所皆知有礼貌的好艺人嘛。可能他小时候的确是我歌迷，毕竟哥也是红过的。想当年我也俊朗不凡、万人倾倒，我那时候一出家门啊，欻欻欻，门口全是闪光灯……"

有个相熟的女嘉宾插嘴："现在你家门口连路灯都没有。"

纪承彦说："对啊，瞧，现在连你都看不上我了，何况黎景桐！"

"什么叫'连我'！"

大家笑成一片，这话题也就这么气氛不错地带过去了。

不知道为什么，他并不太想在公众面前拿黎景桐作谈资，更不用说兜售黎景桐的隐私。

虽然黎景桐一口一个前辈，听起来显得那么荒谬可笑不真实，他也不知黎景桐那年少时对他积攒的崇拜，如今还余几分。

但那家伙，也许是他在这世上唯一的粉丝了。

他并不愿意消费自己这硕果仅存的忠粉。

也许这是他所剩无几的节操吧。

正聊着，女主持人突然眼尖地说："咦？那不是黎景桐吗？"

摄影棚里大家一起回头，摄像机也迅速调转过去了。站在靠近门口的位置，衣着笔挺却戴着口罩的青年一时有些无措。

主持人说："天喽，真的是黎景桐！"

立刻有工作人员把话筒递过来，青年摘下口罩，略腼腆地微笑道："这样你都能认得出啊。"

"就是因为这样才好认好吗！"女主持人问，"你来这里干什么？"

"哦，我刚录完节目，就在附近，就顺便过来看一下……"

"来看你的偶像吗？"

青年顿时尴尬了："没有，我有事来找Ron。"

Ron是节目制作人，在棚内另一个角落里，隔着工作人员和数台摄像机，朝黎景桐挥了挥手。

难得捕获一只野生的影帝，主持人当然不想放过，力邀他："不上来一起聊几句吗？你偶像也在耶！"

黎景桐忙摆手："不了不了，我只是路过。"

大家又冲着纪承彦僵硬的脸取笑了一场。

黎景桐执意不肯上去，主持人自然不好勉强，调笑了他几句，节目录制的时间已经差不多到尾声了，聊完现有话题，便干脆收尾。

纪承彦收了工，便去领取报酬。这节目很爽快，也传统，录完即拿钱，车马费也不少给。现在经济不景气，不是每家都这么厚道的。

纪承彦将装现金的袋子放进裤兜里，揣好，又在饮水机那接了点水润润冒烟的嗓子。

一饮而尽的时候，他想起黎景桐的摆手否认，心口突然有种道不明的滋味，只得把一次性杯子用力揉皱了，扔进垃圾桶里。

纪承彦搭电梯下了楼。在大厅里，他远远地瞧见黎景桐正站在墙边，背靠着墙伸着长腿，低头看手机，一副在等着谁的样子。

纪承彦不由得停住脚步。

其实他心里，对黎景桐是很抱歉的。

毕竟，无论究竟有什么所图，黎景桐对他的好都是实实在在的，并不掺假。

更何况，他都成这样了，人家还能有什么可图的啊。

他也不知道自己在别人面前都做小伏低、笑脸相迎惯了，为什么唯独对黎景桐那么不客气。

也许是他太贱，反而受不了别人对他的好。

青年收了手机，抬起头来，正巧和他目光相对。

见了他，青年似乎愣了一愣，而后忙转过身去，躲避一般地拿背对着他。

纪承彦一时也尴尬了，但终究还是厚着脸皮，上前去打招呼："这么巧啊。"

如此这般，青年也无法再对他假装视而不见了，只得有些局促地转回来，低头道："嗯，是啊。"

纪承彦很干脆地道了歉："对不起。"

黎景桐愣了一愣："哎？"

"那天其实我就是自己心里窝火，拿你来撒气，"纪承彦说，"我那些混账话，你别往心里去。我有时候是挺差劲的，对不住了。"

“……”

纪承彦本想再说两句，余光瞥到制作人正从电梯里出来，便识相道：“你约了Ron是吧，你忙吧，我先走了。”

“不，”黎景桐忙说，“我不是来找Ron的。”

“嗯？”

“其实，我就是，来看前辈录节目的。”

“……”

青年脸红了，说：“我……我不好意思来找你，我怕前辈还在生我的气。”

“……”

纪承彦哑然半晌，才说：“我能跟你生什么气啊。”

青年有些紧张地说：“前辈没生我的气，那就好了。”

“……”纪承彦看着眼前的青年。

黎景桐长得非常清秀俊朗，眉目工整干净，那双眼睛是水一样的透彻，黑白分明，简直没有一丝杂质。

纪承彦突然觉得心里隐隐地憋得发慌，他又有了想抽烟的冲动。

但在这里没法点烟，他只能按下心头的蠢蠢欲动，略微暴躁道：“你别傻了！我就是扶不起的阿斗，就是个㞞货，就是个废物！你以后别在我身上费心了，好心也不会有好报的。”

青年闻言皱起眉：“请不要这样讲。我不喜欢你这样说我的偶像。”

“……”

“我的偶像不是这样的人。”

纪承彦有点不忍心。但其实，小时候的黎景桐所景仰的那个人，早已经不在了。

同样的躯壳，但已是不同的灵魂。

不对，连躯壳都不同了。

纪承彦低声道："我已经不是那个人了。"

青年说："才不会。"

"……"

"你就是你。不管是T.O.U的纪承彦，还是现在这个纪承彦，都是你呀。"

"……"

青年郑重其事地望着他："前辈，你永远是我心里最棒的大明星。"

"……"

纪承彦只觉得心口起伏着，有种排山倒海般翻涌的冲动。

他几乎想大喊一声，这家伙是不是被人下了降头啊？！这就是传说中的脑残粉吗？

两人在大厅里面面相觑，相顾无言。他们在这里站得有点久，已经有人在远远地往这边打量了，黎景桐便说："前辈有时间吗？如果方便，能让我请你吃个夜宵吗？"

纪承彦说："可以……"

这电光石火之间，他决定了，他得好好珍惜他这个唯一的、硕果仅存的脑残粉。

翻滚的火锅上热气升腾，纪承彦单手撑着脸颊，看着他在这世界上最后一个脑残粉黎景桐。

脑残粉黎影帝坐在对面，很认真地为他涮毛肚。

纪承彦很满意地看着一桌的菜，深夜吃火锅真是最美不过，地方宽敞，客人少，身边清静，锅中热闹，而且这一盘盘的鲜牛羊肉、毛肚、黄喉、鹅肠，都是他喜欢的。

纪承彦说："你点菜挺对我胃口啊。"

黎景桐边涮东西，边说："我当然知道前辈喜欢吃什么呀。"

纪承彦奇道："你怎么知道？"

黎景桐认真回答："以前杂志上有很多前辈的专访、个人档案，我都会背了。"

"……"

纪承彦在心中狂吼，有这样的死忠粉，干吗不早点出现！他也许可以早点抱大腿求包养，不用去码头搬货啊！

黎景桐还在如数家珍："我知道前辈喜欢吃海鲜，吃火锅，喜欢蓝色，还知道你最喜欢的画家是瓦西里·康定斯基……"

纪承彦不由得喷了。

他不想忽悠黎景桐，便敲敲筷子，道："没有的事。我不懂抽象画，我只喜欢看漫画。经纪公司觉得不够高大上，才那么瞎写的。"

"漫画吗？"黎景桐没有丝毫幻灭的神色，只诚恳地说，"我记住了。"

纪承彦酒足饭饱，想起自己之前忍饥挨饿的日子，不由地开始作了："你说，你作为如此忠实的头号粉丝，为什么到现在才来找我？你是不是中途变过心？！"

黎景桐紧张道："哎？没有！我一直都很景仰前辈的！"

"那你早干吗去了？"纪承彦指责他，"你想联系上我，那不是最容易不过的事吗？"

黎景桐居然打了个结巴，他说："这，我，我不敢呀。"

纪承彦问："有什么不敢的？随便找个人，问个电话，然后打电话过来不就行了？"

黎景桐瞪大眼睛说："那怎么行，你是我偶像啊。"

"……"

纪承彦彻底服气了。

吃完夜宵，已是凌晨，天色微微透着亮，黎景桐自然而然又兢兢业业地开车送他回家。

到了楼下，纪承彦说："谢谢你。"

黎景桐认真道："不客气！这是我的梦想！"

"……"

正待下车，他发现黎景桐在看着他。

青年的眼睛在曙光来临之前的阴暗里，显得额外明亮。

纪承彦尴尬了几秒，在青年那欲言又止的期待的眼光里，终于说："呃，要上去喝杯茶吗？"

青年立刻雀跃地说："好啊好啊！"然后又小心道："不会太打扰前辈吧？"

纪承彦干笑了两声："不会不会。"

嘴上打着哈哈，其实他心中万分纠结。

纪承彦倒是不介意招待客人，反正他根本不存在什么可"被打扰"的，家中也没有任何隐私，他的个性和他的钱包一样坦荡荡，只不过那间小公寓……

在打开房门的时候，以纪承彦的脸皮之厚，他第一次略微觉得羞耻了。

屋子在光线不明的时候，还看不出什么太大问题，灯一亮，那就不免有点尴尬了。

满屋的狼藉，破败的墙壁，陷进去的沙发，乱糟糟的单人床，成堆的空啤酒罐子和泡面碗，随手乱扔的杂志和烟头。

他还未做好心理准备，要如此突然而坦然地向这个人展示自己最狼狈的一面。

黎景桐在他背后，发出"唔"的一声，纪承彦不由得头皮略微一麻，他有点怕听见这位粉丝的玻璃心碎一地的声音。

黎景桐在那一声之后，没再出声，进了屋，只安静地四处打量，颇认真地参观了一下。

果然，看了一阵，黎景桐说："前辈，你这居住条件，很不好啊。"

"……"

"太小了，又旧，家具也不好，我刚才上来的时候看过了，楼道里堆了很多杂物，消防栓也是坏的，里面都没有消防水带。"

"……"

"这一带的卫生情况都不太行，蚊子又多，交通也很不方便……"

纪承彦被说得全身不自在，但黎景桐只专心点评这房子，像是完全看不见他的脏乱差一样，多少还是保住了他残存的自尊。

纪承彦在扔了一堆衣服的沙发上理出一个尚且干净的位置：

"坐吧。"

"前辈有考虑换个地方住吗?"

纪承彦摇头:"不换了,其实都差不多,也找不到什么好的。"

这个价钱,在T城能有个地方安稳住着就该满足了,还要什么"自行车"啊。

"有好的,"黎景桐说,"我那小区就挺好的呀。"

纪承彦"呵呵"一笑。

用他的年租去那儿住上半个月,然后其他时间睡桥底下吗?这嘲讽也未免开得太大了,他都没法接话。

意识到自己此言不妥,黎景桐立刻像个在偶像面前说错话的小粉丝一般,忙闭上嘴,正襟危坐。

虽然家徒四壁,待客之道还是要有的。纪承彦去洗了个杯子,给他倒了杯热水:"喝点水。"

"谢谢……"

"要吃零食吗? 篮子里,随便拿。"刚吃完夜宵,他也就顺口这么一说,而且里面也就两包泡面和一点廉价的饼干而已。

"哦,不用……"

黎景桐略局促地捧着杯子,而后他在桌上装食物的篮子里看到一样东西,好奇地问:"这是什么?"

纪承彦看着他把那颜色鲜艳的袋子拿了出来,上面粗糙地印着一只油光水滑的金毛。

"……"

黎景桐瞪大眼睛:"狗粮?"

"……"

"你没有养狗吧前辈？"

"……"

黎景桐声音都有些颤抖了，他说："你、你吃这个？！"

纪承彦一时有些尴尬，他早先穷困潦倒又想吃肉的时候，突发奇想买过几包，毕竟闻着特别香，里头还有肉块呢。当然吃完以后肚子就不是那么对劲了。

后来没敢再吃，也舍不得扔，就那么放着，说不定哪天就又穷又馋呢。

纪承彦多少有点难堪，但也只得厚颜无耻地说："这有什么，狗是人类最好的朋友嘛。"

还真别说，这只是廉价狗粮，贵的狗粮可比人吃的贵得多了，他根本吃不起呢。

然而黎景桐定定地看着他，那种眼神，仿佛比看见他自甘堕落的时候还要痛心疾首。

"前辈！"黎景桐看起来很难过，他说，"前辈，你有什么困难，都可以跟我讲。虽然我不是什么有钱人……"

纪承彦："啊？"这家伙还不算有钱人？！

"但让前辈过上好一点的生活，我还是有这个能力的，"黎景桐说，"所以你不要客气，只要你不介意，我可以提供所有你要的……"

"……"

要让志哥听见这话，志哥一定会恭喜他白日梦成真了。

能有人掏钱给他供他混吃混喝等死，这一直是他人生追求的最高境界啊。

在这个梦寐以求的时刻来临的时候，纪承彦摆摆手："不用不

070

用，真的不用。"

不是他高风亮节，他只是没办法在黎景桐面前过于无耻。

纪承彦安慰他："没那么惨啦，我现在还不错，有固定节目，而且托你的福，最近通告也多了，你看今天不是还刚录了一个，刚领完钱呢。"

安静一阵，黎景桐又说："前辈，刚才，在节目上，你为什么不说实话呢。"

纪承彦道："我不能消费你。"

黎景桐认真地说："你可以消费我。"

"……"

"我不介意的。"

纪承彦道："呃……还是别了，你不介意，你的粉丝也介意，她们不得把我喷成筛子啊。"

黎景桐说："不会的，你放心，我会引导舆论的。"

"……"

"她们还是以我的态度为准，我公开表达对前辈的心意，她们慢慢会接受的。"

"……"

"再说了，前辈讲关于我仰慕你的那些事，都是事实，又不是胡编乱造、添油加醋，没有任何问题啊。"黎景桐想一想，忙又道，"啊，不，就算胡编乱造、添油加醋，也没关系。"

虽然已经勉强接受了这家伙真是自己的死忠粉这种荒谬的设定，纪承彦还是被他的大方坦荡震得说不出话来，半晌只能说："不了，这太损耗你了。"

"怎么会，"黎景桐说，"能为偶像做一点事，是粉丝的荣幸啊。"

"……"

纪承彦控制不住自己的手，从口袋里摸出烟来。他很想点一根，但又碍于黎景桐在眼前，只能在指间捏着，嘴里说："傻了吗你？！就算你这样，我也没办法回报你的。"

"没关系呀……"

那种烦躁又无力的感觉又涌上来了，纪承彦说："你觉得像我这样的人，还能为你做什么吗，嗯？！"

黎景桐像是突然有点害羞了，他踌躇了一会儿，说："前辈，你可以……"

"嗯？"

"你可以关注我的微博吗？"

"啊？"

纪承彦基本上不玩那个，他的号也就几千个粉，还有各种低阶僵尸粉，发一条微博半天才几个转发，何等孤单寂寞冷，有什么好玩的。

但黎景桐既然这么说了，他也就掏出手机，打开App，搜了一下黎景桐的账号，然后干脆地点了"关注"。

点完他才发现，他们之间的关系赫然变成"互相关注"。

纪承彦惊呆了："你什么时候关注了我啊？"

黎景桐说："前辈一开微博我就关注了呀。"

纪承彦赶紧一翻自己的粉丝名单，黎景桐的名字赫然在第一个。

"……"

　　黎景桐人缘好，礼节性关注的对象不少，都快满上限了，所以居然没有人留意到纪承彦早已在黎景桐的关注名单里。

　　纪承彦看着那个"互相关注"的有来有去的小箭头标志，一时间五味杂陈。

　　黎景桐倒是很开心，捧着手机说："谢谢前辈！"

　　"……"

　　他真的不太懂这个年轻人。

　　这种简单地、纯粹地、一心一意地仰慕着一个并不值得的人的心情。

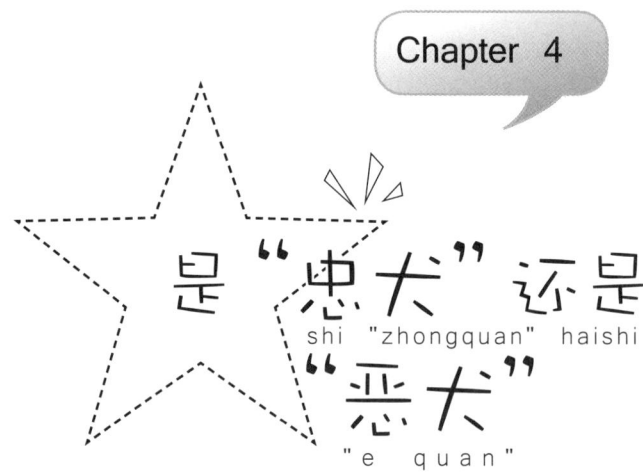

既然打开了久违的微博客户端，纪承彦后来几天闲着没事，也就在上面瞎逛了一圈，看看那些与他无关的热闹。

黎景桐的粉丝数很惊人，他一时间都没数清楚后面究竟有多少个零。

黎景桐随便发一条"早上好"，底下便是几万转发几万评论。纪承彦搞不懂这年头的粉丝们在想什么，是没见过人说"早上好"吗？还是怎么的？

相比之下，他简直心疼浩呆。浩呆辛辛苦苦绞尽脑汁，感悟人生，吟诗作对、画图自拍，然而评论和转发数并不超过两位数。

没办法，谁叫他们的脸差得那么远呢。

纪承彦刷了半天，发现自己发布的上一条微博时间距今已有一年之久，还是"微博X.O更新啦，大家都在用……"这种系统自动发的消息，一片荒废萧条之态。

没人在意他更新不更新，他自己对这生活也没什么言论可发表的，连"早上好"他都没劲说呢，因为早上起来并不好啊。

这日刚交完下一季的房租，口袋空空，想起黎景桐说的那些傻话，纪承彦又觉得有些好笑，于是写了一条："有个朋友告诉我，经济有困难的时候，可以去找他。我感动地想，可我每天经济都很困难呀。"

发完纪承彦就把手机放进裤兜里，吃饭去了。

刚在快打烊的小店里点了个特价的盖浇饭，兜里"嘟嘟嘟"的一

阵狂响，差点把他振死。纪承彦还以为手机要爆炸了，吓得赶紧把那五年前买的手机掏出来一看，原来振动是来自微博通知，告知他，他多了好几百条转发评论。

纪承彦一脸茫然："哈？"

点进去一看，他可算明白这潮水一样的评论是从哪来的了。

他看见黎景桐很开心地转发了他的微博，说："那前辈每天都可以来找我呀。"后面还加了个大大的笑脸。

底下一片惊涛骇浪。

不明真相的吃瓜群众和他的感觉是一样的，刷屏的都是"什么？""我瞎了！""Excuse me？""我桐被盗号了吗？""信息量太大了吧！""这我是拒绝的！"

纪承彦真是大写的蒙。

虽然他很多年前也红过，但毕竟年代不同，网民们如此汹涌的洪荒之力，他这还是头一回切身感受到。在他手忙脚乱地寻找取消通知提醒的办法的过程中，他的手机都要给振没电了。

微信群里志哥也说："小纪，你这是要火啊。"

"死灰复燃。"

"咸鱼翻身。"

纪承彦说："得了吧，上次你们已经说我要咸鱼翻身了，现在又翻？"

"咸鱼太胖了，一次性翻不过来。"

"……"

志哥在私聊里敲他："小纪，黎景桐看样子是认真的啊。"

纪承彦特别纠结："认真什么呀。"

"虽然我也一度难以置信,但这孩子看来是认真地在崇拜你。"

"……"纪承彦无语道,"你都觉得他瞎了吗?"

志哥发了个挖鼻孔的表情,说:"有那么点吧。"

"……"

"不管怎么说,这都是个难得的机会,你好好抓住吧。"

纪承彦有点烦躁:"什么抓住不抓住的,有区别吗?"

"你啊,"志哥说,"别老这么破罐子破摔。我觉得吧,你的运气也该来了。努力一把,一切都会好起来的。"

纪承彦说:"我现在也挺好的呀。"

"好在哪里?"

纪承彦回:"好胖,好穷,好无聊。"

"……"

跟志哥耍完嘴皮子,纪承彦回头一看,才这么一阵子,转发都好几千了,粉丝的力量真是吓人。

而后他收到黎景桐的消息。

"前辈!"后面还加了一串可爱的表情。

"嗯?"纪承彦想,这家伙的表情包倒挺丰富的啊。

"有些粉丝的过激言论,你不要介意啊。"

"哦,"纪承彦边吃盖浇饭边回,"我不介意啊。"

他翻看那些评论,自然说什么的都有,除了目瞪口呆的排队大军之外,少不了嘲讽的、咒骂的、阴谋论的。

然而对他来说这些都太小意思了。他承受最严苛无情的舆论压力的时候,黎景桐都还没出道呢。

"嗯,那就好,我也知道前辈的心态很好。"又是一串小心心的

表情。

"……"他这不叫心态好,是叫脸皮厚好吗。

"还有,前辈,我很开心。"

"啊?"

黎景桐用了一串乐开怀的表情,说:"因为你说我是你'朋友'。"

"……"

这家伙是不是傻呀,粉丝刚刚还在洪水一般怒喷他不配做黎景桐的朋友呢。

黎景桐又补了一句:"当然了,我也永远是你的粉丝!"

纪承彦努力翻着盖浇饭里踪迹难寻的鸡肉:"我要是一直这么没出息,你还会是我粉丝吗?"

黎景桐回:"我一直都是呀,只要前辈开心就好。"

过了一阵,黎景桐又打字过来:"但是,前辈现在好像并不开心。"

纪承彦立刻运指如飞地回复:"我很开心好吗?!"

"你不开心。"

"我很开心!"

黎景桐说:"开心的人是不会常常把自己灌醉的。"

"……"纪承彦无奈道,"至少我把自己灌醉的时候很开心呀。"

"……"黎景桐发了一个灵魂从嘴里飘出的表情,然后是七窍流血的,然后是泪流成河的。

纪承彦被表情包逗乐了。他突然意识到,无论如何,黎景桐都是个比他小了近十岁的年轻人,算得上是个小朋友。

这样一想,身高一米八多、肩宽背阔的影帝就变得可爱起来了。

黎景桐又发消息过来："前辈，等下有空出来吗？"

纪承彦犹豫了下，回复道："怎么？"

不是他故作高冷，而是微博客户端的提醒数字还在一个劲儿上涨，他觉得怪闹心的。

他不适应这样的关注和热闹，虽然黎景桐是好意，但他觉得还是避一避来得好。

黎景桐回得很快："要不要一起吃夜宵啊？"然后就是很可爱的表情。

"……"

怎么的啊，这家伙莫非觉得他是个毫无原则的吃货吗？！难道以为任何时候只要拿食物引诱他，他就会上钩吗？！

纪承彦作心如止水状，淡定回复："哦，我刚吃完饭呢，不饿。"

随后黎景桐发了一堆各种各样的烧烤照片：烤羊肉、烤牛筋、烤鸡翅、烤生蚝、烤茄子、烤玉米……

"……"

"可以配冰镇啤酒哦，前辈。"

"……"

因为黎景桐的缘故，烤串也不能在路边摊吃，只能去店里。这家烧烤店的老板是黎景桐相熟的，给找了个角落里的，还有所遮蔽的位置，倒也不引人注目。

黎景桐今天穿得很休闲，运动品牌T恤，牛仔裤，球鞋，看起来像个青春勃发的大学生。

不巧的是，纪承彦也是这么穿的。然而为什么他看起来就像大学生的家长呢。

纪承彦看着两人在玻璃中的倒影，表示百思不得其解。

黎景桐见了他就很惊喜，开心道："呀，前辈，我们今天穿同款呢！"

纪承彦不好意思地说他那件是淘宝买的"原单"，五十五块包邮。

坐下来点菜，黎景桐先代劳在单子上钩了一堆，然后交给他过目。纪承彦看过之后表示甚是服气，毕竟人家作为一个合格的粉丝，简直比他自己更了解他的喜好，连量都是照着确保他能吃饱的分量点的。

烤串大部分是店家烤的，当然也提供一个小烤炉和一盘肉串，给有兴致的客人自己烤着玩。

几十串红柳钎子串着的羊肉筋和羊肉脊送上来了，刚烤好的肉串热腾腾的，吱吱地冒着羊油，撒了孜然和辣椒粉，香得让人能放弃一切节操和原则。

接下来桌上大概有了长达半个小时的沉默。

纪承彦都不想说话了，毕竟吃这个得趁热啊，吃肉的时候倘若分心聊天，那对得起烤架上羊的灵魂吗？

吃完一波了，纪承彦喘了口气，抬头看见黎景桐正一手撑住脸颊，一手烤着串牛上脑，微笑着看他。

"你不吃吗？"

青年笑道："不用，这都是给你准备的。"

纪承彦客气道："吃点吧，这羊肉真的不错。"

毕竟是黎景桐付的钱啊。

黎景桐说："明天有个广告要拍，我不能吃这些。"

睡前吃这种重油重盐的东西，第二天起来脸难免会水肿。其实长成黎景桐这样，怎么肿都是帅的。不过镜头是很严苛的，黎景桐更是敬业的。

纪承彦表示不解："那你约我出来干吗？"专程花钱来看他如何表演一口吃三串羊肉吗？

"前辈想吃呀，"黎景桐又有点不好意思地说，"我想见见前辈嘛。"

"……"纪承彦觉得自己已经麻木了。

黎景桐突然放下烤串，拿起手机，满脸期待道："说来，我还没有和前辈合照过。"

纪承彦差点把嘴里的羊肉喷出去，立刻义正词严地伸手拒绝："别别，我不想跟你合照。"

黎景桐一脸受到重击的表情。

纪承彦只得说："我的意思是，我跟你出现在一个镜头里，那个对比效果，你懂的。你长得太耀眼了，我自卑哈，我还是要点面子的。"

黎景桐说："其实不会啊……那，前辈如果介意的话，我能拍局部图吗？"

"局部图？"纪承彦边咀嚼边道，"不露脸就行。"

于是黎景桐给他俩拿着烤串的手拍了张合照。

纪承彦正啃着刚送上来的烤翅，手机又开始"叮咚叮咚"地有了潮水一样的新消息提醒。

"……"

他看了一眼正若无其事地玩手机的黎景桐,而后深吸一口气,打开微博客户端。

像是嫌之前那条转发造成的杀伤力还不够似的,黎景桐同一天又发了第二条微博,给还未缓过气来的粉丝们再补了一刀。

这条微博还是带了图的,正是方才那张手部合照。

黎影帝罔顾粉丝心情,图文并茂地声称:"和偶像吃夜宵,还撞衫了,开心!"还加了个转圈撒花的表情,然后热情地圈了纪承彦。

"……"

纪承彦嘴里的肉顿时咽不下去了。

这夜宵根本就是有毒啊!

他又看了一眼黎景桐,青年正襟危坐,一脸无辜。

他知道黎景桐的良苦用心。青年意图明确,毫不遮掩地想推他一把。

但他自己也许依旧并不是那么想前行呢。

纪承彦道:"我说,你呀……"

黎景桐看着他:"嗯?"

"干吗老发这些东西呢?"

青年顿时有些紧张:"前辈生气了吗?我给你惹麻烦了吗?"

"倒不是……"

能给他惹什么麻烦呢,他自己就是个大麻烦好吧。

青年一副玻璃心的小鹿表情,让纪承彦不得不在开口前斟酌了又斟酌,最后说:"我是没什么所谓啦。但现实点说,这样你会严重掉粉。我的定位很Low的,连带着把你也拉低了。这对你真的没任何好处,你的经纪人不会说你吗?"

"哦,"青年的神色立刻轻松了,"我完全没关系呀。崔哥不会介意的啦。"

"……"

其实纪承彦也知道,虽然黎景桐一副好说话的乖宝宝模样,实际上经纪人崔哥在他面前只有"嘤嘤嘤"的份。

因为黎景桐可以不听话,他的背景决定了他不需要听话,他……

算了,不提了,越说纪承彦自己就越觉得这事荒谬。

黎景桐还在诚恳地说:"粉丝的反应我有心理准备啦。再说了,那些觉得你Low的人,我也不想留住他们呀。"

"……"觉得他Low的,才是有着正常审美的粉丝好吗?

纪承彦只得苦中作乐地开始看那些评论,在哀鸿遍野和骂声滔天之中,居然有人留言说:"是我瞎了吗?我居然分不出哪只是我桐的手了!"

"是啊,两只手都很好看是怎么回事?"

"所以某胖不看脸和躯干部分的话,手其实还是美的?"

纪承彦:"……"

"我桐的手应该白一些,皮肤状态好一些吧?"

"我也觉得白嫩一点的是我桐的。"

"但另一只手看起来手指更修长,指节更好看呀。"

"为什么一个胖子会拥有瘦子的手?"

"光看这手,感觉身高得两米八吧。"

很快就有一群没什么节操的粉丝表示:"只看手的话,我们还是愿意被某胖圈粉的。"

纪承彦:"……"

　　这顿烤串吃下来，肉吃得多，酒也喝得不少，纪承彦酒量还是可以的，但终究不免酒精上头，走起路来脚底有点浮。

　　看看时间已是凌晨，他便催黎景桐："你赶紧回去休息吧，我自己叫车。"

　　滴酒未沾的模范粉丝黎景桐说："那怎么行，前辈喝醉了，这么晚一个人不安全，我得送你回家。"

　　"……"他哪不安全了？他这么醉醺醺走在路上，路人才觉得不安全好吗？

　　黎景桐不仅送他到家，还检查了一下他的冰箱。

　　"前辈，你冰箱里什么都没有啊……"

　　纪承彦靠在沙发上，懒洋洋地应道："嗯……"

　　最近啤酒喝光了，还没来得及补充。

　　"我去给你买点喝的吧，免得你等下口渴。"

　　不等他说什么，黎景桐已经十分自然地从他口袋里摸走钥匙，而后出门了。

　　不过多时，青年便拎着24小时便利店的袋子回来，然后打开冰箱，往里边一点点地摆放那些醒酒饮料、酸奶、盒切水果。

　　纪承彦觉得这简直是保姆粉。

　　黎影帝在甘当保姆的时候，纪承彦就那么大剌剌地躺着，开始上涌的酒劲让他愈发慵懒和放松，他看着青年在冰箱前面忙碌，那笔挺的、清俊的背影。

　　他想起什么似的，微醺地把手举起来，对住灯光。

　　"我的手有那么好看吗？"

　　青年闻言转过头来，道："嗯……很好看呀。"

他发现黎景桐脸红了。

纪承彦觉得有点好笑，又略微自嘲："也只有手能看了。"

黎景桐立刻说："怎么会，前辈很多地方都好看啊。"

"比如呢？"

黎景桐挺认真地回答："眼睛也好看，鼻子也好看，嘴巴也好看，下巴也好看……"

"……"

"我觉得哪里都好看。"

"……"

这粉丝滤镜简直堪比美颜镜头，自带智能修图效果了。

黎景桐又觉得忠心表得不够似的，补充道："在我心里，前辈一直是最好的。"

"……"

他能说得这么诚恳还不笑场，纪承彦真心佩服他。

黎景桐端了杯果汁过来："前辈先喝点这个吧？"

纪承彦接过的时候，不巧握住了对方的手指，青年抖了一下，果汁泼了一小半出来，打湿了他的上衣。

青年立刻说："对不起！"然后忙从口袋里掏出块真丝手帕，开始慌里慌张地为他擦拭那件山寨T恤。

酒精和灯光，还有青年微红的脸，让纪承彦对这一切有了些微荒谬的不真实感。

纪承彦突然起了一点调笑之心，于是微笑道："真的有这么紧张吗？"

青年的脸更红了："嗯。"

"紧张什么，难道怕我对你做什么不成？"

青年忙说："不是的！"

纪承彦眯起眼睛瞧着他，不依不饶地说："还是怕你自己会对我做什么？"

青年一时间似乎被调戏得词穷了，窘在那里涨红了脸，像一只随时要夺门而出的小狗。

纪承彦逗他逗得起劲，便靠在那破沙发上，以一种王者的姿态，睥睨道："那么，你想对我做什么？嗯？"

青年安静了一会儿。

在纪承彦以为对方要害羞到转身逃跑的时候，青年突然弯腰抓住他的手，而后在他面前单膝跪下。

"……"

纪承彦瞬间感觉自己酒醒了。

青年低下头来，亲了一下他的手背。

这回轮到纪承彦颤抖了一下，有那么几秒里，纪承彦是全然僵硬的。

他大脑有了短暂的空白。

其实这种程度的接触也许并不算什么，毕竟之前在巴厘岛的时候，早已彼此熟识过，按理没什么好见外的。

但那时候他醉得都快分不清是男是女、是人是鬼了，除了断断续续做梦一般的模糊印象，并没有什么真实具体的感受。

相比之下，这回他好像醉得不够厉害。

或者说他过于清醒了。

纪承彦略回过神，便暗自用力，想把那陷在某种深渊的手指抽回来。

青年并没有坚持，顺从地放开了他。

纪承彦收复了沦陷的失地，刚松一口气，青年便站起身来。

这陡然拔高的身形顿时变得非常有压迫性。

纪承彦眼睁睁看着青年居高临下地俯下身来。这突如其来的、罩于上方的阴影，让他一时间无法动弹。

他保持着被手电筒照住的田鸡的姿势，望着黎景桐，黎景桐也望着他。青年的那双眼睛是明亮的、炽热的、闪耀的，犹如流火。

不知道是不是酒精让人的反应变得分外迟钝的缘故，这么近距离对视的十几秒，或者几十秒里，纪承彦脑内仿佛停止了运作。

空白了一阵子，他突然听见青年低声说："前辈，我给了你逃跑的时间了。"

纪承彦在濒临窒息的边缘，终于颤抖着得到解脱，而后瘫软着呼出一口气。

黎景桐看起来像从水里捞出来的一样，连带眼睛也有些湿漉漉的，像只运动过后的大型犬。

纪承彦不由得觉得这真是辛苦了，折腾了那么半天呢，照这运动量，腹肌都能练出来了。

有汗滴落在纪承彦脸上，青年好像为此害羞了："抱，抱歉，我去冲个澡。"

黎景桐出来后看了看手机，有点纠结："前辈，我可能得先走了。"

纪承彦深沉道："嗯。"

"我想再留一阵子，但拍摄要迟到了……"

"去吧去吧。"让你耽误那么久！

青年犹豫了一下，又说："或者，如果前辈想我留下来，拍摄推迟都是可以的。"

纪承彦忙摆手："不用不用，你赶紧去。"

青年望着他，恋恋不舍地道："我要走了，前辈。"

"嗯啊。"

"我会想着你的。"

"……"

纪承彦觉得不行了，看来还是得特意挑明白，说清楚，才能免除日后误会。

他叫住已经走到门口的青年："黎景桐。"

青年有点开心地回头："哎？"

这种话说出来会非常煞风景，但纪承彦还是硬着头皮和心肠，道："这不代表什么的，你明白吧？"

黎景桐沉默了一下，说："我明白的。"

"这就像你用日抛眼镜，或者纸巾一样，用过就算了，就没了，都是一次性的。我讲得可能不好听，但道理就是这样的。"

黎景桐又安静了一刻，道："嗯，前辈说得没有错，我会记着的。"

在短暂的默然里，纪承彦不由得问道："你……你还好吧？"

他也不想自作多情，可毕竟黎景桐看起来是个挺纯情的人。尽管"纯情"这属性在娱乐圈基本要绝种了，至少黎景桐面对他的时候是足够纯情的，以至于他有点怕伤害到他的这种纯情。

"我没事啊，"青年说，"而且我觉得，作为粉丝，能有机会满足前辈的需求，是我的荣幸。"

"……"

这觉悟固然很高，但年轻人你这种想法是很危险的啊，也是不对的！

不过这不重要，重要的是……

纪承彦忍不住说："那什么，你怎么就知道你这是在满足我的需求？要是我根本就不需要呢？"

黎景桐打了个结巴："呃……因为前辈你的反应，很……很那什么……"

纪承彦立刻打断他："好了！别说了！"

"我……"

"赶紧走吧，你不是要迟到了吗？"

纪承彦又去前些天录过的那个节目骗通告费了。因为上一期节目刚录完，还没播呢，他就被黎景桐的两条微博"啪啪啪"地左右打脸，所以这回他说话得更谨慎点，既得不占黎景桐便宜，又不能像上回撇得那么干净。

女主持人开场就双手叉腰，一副开堂审问的表情。

"你在我们面前还胆敢不老实，该当何罪？"

纪承彦立刻老实巴交地说："我很老实的呀。"

"老实个鬼，"女主持人佯怒道，"你上回是怎么糊弄我们的？"

"冤枉啊大人，"纪承彦半真半假地单膝跪下喊冤，"我没有骗你们呀。"

女主持人说："你是觉得我们不识字还是上不了网啊？"

屏幕上立刻投影出黎景桐的微博，配上清晰的打脸音效。

纪承彦立刻说："大人，我也是刚刚才跟他私下联系上的。在这之前我都不敢相信他真会是我的粉丝啊，换成你们敢信吗？"

"……"

"你说，黎景桐长那样，他的偶像，长我这样？这能有说服力吗？"

"……"女主持人语塞地打量了他一下，说："的确没有。平身吧。"

纪承彦在其他来宾的笑声里摸摸鼻子，入了座。

"这样吧，你爆一些黎景桐的独家大料，我们就原谅你之前对我们的敷衍。"

纪承彦道："可是说实话，我们还不熟啊。"

睁眼说瞎话是这一行的基本功，而且他的确跟黎景桐不算熟，甚至分不清黎景桐对他来说是"忠犬"还是"恶犬"。

主持人显然也不打算相信他："什么？居然还不熟吗？"

纪承彦说："偶像跟粉丝本来就不会太熟的嘛。"

"……"

"但有些细节，还是可以侧面体现黎景桐这个人啦。"

"怎么说？"

"比如吧，我现在这个样子，他还是公开承认是我的粉丝，这表示他是个什么样的人？"

录影棚内安静了一刻。

纪承彦正色道："表示他是一个非常有眼光的人。"

大家为他的不要脸所折服。

"好啦，开玩笑的。"纪承彦说，"他是一个很好的人，所以是的，我受宠若惊，也很感动。"

纪承彦难得地诚恳了一回："他认同我，那是他的好意，不代表我能仗着他的好意，到处胡说八道，占他便宜，对吧？这么难能可贵的人，遇到了就要好好珍惜，保护起来，你们说是不是？"

"……"

纪承彦一本正经地补充道："保护粉丝，人人有责。"

"……"

那两期节目很快便播出来，剪辑以后的效果，远比纪承彦想象得好。

这节目算得上是业界良心，很善于抓爆点，但并不为了制造噱头而无节操地瞎剪，加上黎景桐的光环效应，多少对他手下留情了。

播出的部分剪得很有技巧，基本上他的发言都保留了，尤其关于黎景桐的部分。

尽管他前一期里的矢口否认转头就被"啪啪啪"地打脸，但跟他在下一期中的声明前后一对应，竟显得他高风亮节起来了，而且笑点十足。

于是纪承彦的微博粉丝数暴涨。

不过纪承彦对此没任何感觉，半点高兴的劲头都不会有。

路人"关注"你，并不等于他们喜欢你，不代表他们对你有好感。那个"关注"就是纯粹的"关注"而已，仅仅是字面含义罢了。

换成他自己，要是知道某个女神居然粉上一个矮矬穷，他也会去围观的啊，有什么稀奇。

　　虽然是黎景桐的话题把他的关注度带起来的，但纪承彦既然清楚地表明了自己不会卖黎景桐，这个话题就是掐死了，没得聊了。

　　他尽管嬉皮笑脸，态度还是鲜明的。

　　令他意外的是，虽然如此，他竟然还是陆续接到了不少综艺通告。

　　尤其连上两次的那个《XX驾到》节目，据说两个主持人挺喜欢他，于是只要有差不多他能聊得上的话题，负责敲通告的小哥就会很勤快地打电话给他，问他来不来。

　　其实在通告艺人的圈子里，纪承彦还是有他明显的优点的。首先他便宜，这点很重要；其次他有"笑"果，在这圈子沉浸了十几年，他肚子里的东西是比其他人多，胡说八道，信手拈来，遇到本身水平差一点的主持人，他还能救场；再者他敬业，别看他吊儿郎当的，时常喝得酩酊大醉，但他还真从不迟到，表现也不敷衍。

　　虽然他依旧是个十八线的综艺咖，但自从被《XX驾到》挖出了他的亮点之后，起码他的工作比之前多了。

　　纪承彦不在意那些红不红的虚名，但通告费是实实在在的呀。他乐意在那些谈话节目上耍耍嘴皮子，然后安心拿钱，回头吃顿大的喝顿好的。

　　对于他的事业上升（并没有），有个人比他更雀跃，那就是黎景桐。

　　黎景桐是个很敬业的脑残粉，每一期有纪承彦露脸的节目他都看，还指使别人去一期一期剪出那些"纪承彦Cut"，俨然是他最忠实的观众。

　　"昨晚播出的那期我也看了，"黎景桐给他发消息，"前辈你好搞笑啊。"

纪承彦回:"还好啦……"

就算是很无聊的素材,经过剪辑,加上一些特效,都会变得更有趣的,这谁都知道呀。

"你真的好有才华啊,明明很简单的事,你说出来就会很好笑。大家都喜欢你,看到你出来就开心。"

"……"

哪来的"大家"啊,只有黎景桐一个人这么觉得吧。

"我觉得好幸福呀。"

"……"

"我果然没有粉错人。"

"……"

"虽然你可能没以前那么帅了。"

纪承彦看着手机,停住了咀嚼鸡腿的动作。

"……"

黎景桐还在诚恳地打字:"但才华是不会消失的呀。"

"没有以前那么帅了,没有以前那么帅了,没有以前那么帅了……"纪承彦一整天脑子里都在以3D立体声效果循环播放这句话。

Chapter 5

我眼中
wo yanzhong
的你
de   ni

　　虽然这是事实，他不用照镜子都知道，但从黎景桐嘴里说出来，还是给了他一点冲击。

　　他知道黎景桐也就是实话实说而已，并不会介意他日落西山的颜值，但不知为何，他自己突然觉得很介意。

　　这种莫名其妙的介意让他觉得很不自在，也很不应该。

　　次日去录自己那个固定班底的带状节目的时候，志哥突然对他说："老纪，你是不是瘦了啊？"

　　纪承彦略微意外："有吗？"

　　他真没太留意这个。但他这段时间接的杂活比较多，奔来跑去的，有时候一天能在不同的地方连着录上几场，休息时间只够他在地铁上胡乱吃个便当。

　　说实话，他闲着的时间少了，也没什么空惦记那些垃圾食品。以往接不到工作，赋闲在家的时候，对着电视都能解决几袋薯片，半箱啤酒，现在回去累得倒头就睡，家里的零食也好久没补充过了。

　　志哥绕着他走了几圈，而后说："真的瘦了。"

　　"啊？"

　　"以前同样的时间我能绕你走五圈，现在能走六圈半了。"

　　"屁啦……你最好再夸张点。我是一座山吗？"

　　其实他也就是在这严苛的演艺圈里，在那能让人肥十斤的镜头下算个胖子。放到一般民众当中，他就是个壮硕一点的路人罢了。

　　浩呆也过来参观他："好像是瘦了啊。"

"是吗？"

浩呆语重心长地说："小纪，别减了，减什么肥啊，你没必要的。"

纪承彦有些意外于他的宽容："真的假的？"

浩呆说："你丑又不是因为你胖。"

"……"

纪承彦回家以后，把镜子擦了一遍，对着琢磨了一会儿，而后还是放下了。

其实他很久没好好审视过自己了，这十年来，他都不曾在意过自己的形象。

他不需要照镜子，他从别人的眼光里就能看到自己的模样。

随着时间流逝，大家看他的眼神每况愈下，他也知道自己的样子也没什么抢救的必要了。

他始终缺乏直视自己，和直视过去的勇气。

不过，容貌可以无所谓，工作还是要接的。

这段时间纪承彦可以算是相对而言地红了，制作人都突然发现他很好笑似的，接连不断地敲他，他开始连轴转地在各台综艺节目里出现，什么话题他都来插一脚。

反正他也没什么别的优点，就只擅长胡说八道而已，于是一举成了通告王。

纪承彦清楚这只是一时的。

等这股短暂的新鲜劲儿过去，观众很快就会看腻，什么圈子都一样。

想要让观众的爱长久保鲜，就得不断地推陈出新、翻新花样提升自己，连谐星都如此。

但他显然没有那样的上进心。

他和志哥那种时时充电，紧跟潮流脚步，每日从网上找段子的奋斗型选手不同，他连搞笑都是吊儿郎当，毫无斗志的、只靠那点小聪明混日子。

于是这段时间的工作，纪承彦来者不拒，完全不挑不拣，就跟勤劳的小蜜蜂一样，疲于奔命地到处上节目。

动机很简单，他得趁这些有活儿干的日子，多攒点通告费，才能度过之后没工可开的漫长寒冬。

过了个把月，T城已是入秋的时节，但天气依然暑热难耐，盛夏的余威未散。

纪承彦这日因为要上个相对正经的节目，不得不勉强穿了身衬衫西裤。布料其实很薄，但他被束缚着，还是热得时时刻刻像要燃烧起来，在大太阳底下挤公交车的时候，他燥得恨不得当场打赤膊。

然而录完节目，出了电视台大楼，纪承彦就发现室外不知何时已然降温，甚至还下着大雨，一转眼便从酷夏到深秋。

纪承彦本想顶着雨势冲到地铁站，然而没走几步就给淋蒙了，于是他放弃逆天而行，躲进旁边的百货公司避雨。

一进去，纪承彦就觉得自己又错了。

尽管夜晚温度骤跌，百货公司里开的依旧是冷气。他身上湿了一大半，再被这么一吹，整个人从内到外都凉了，有种身在冰河世纪的错觉。

纪承彦瑟瑟发抖地站了一会儿，感觉自己快冻死了，外面倾盆大雨，里面寒冰彻骨，进退两难，走投无路。这简直就是他人生的写照嘛。

当然，就地买件衣服御寒也是个选择，不过这是市中心最高级地段的百货公司，纪承彦根本就看不到标价在四位数以下的东西。

他还不如干脆冻死算了呢。

纪承彦哆嗦了一阵，突然想起黎景桐貌似就住这附近，于是给他打了个电话。

青年的声音听起来充满了快活的意外："前辈找我？有什么事吗？"

纪承彦牙齿打战："你在家不？方便借我件外套穿吗？"

"在的，"黎景桐道，"外面下大雨呢，前辈人在哪儿？我给你送过去。"

"不用不用，我上你那儿去拿，"虽然黎景桐是个任劳任怨的忠粉，他也不好意思让人专程给他送过来，"你的具体住址是？"

黎景桐像是一愣，安静了片刻，才道："呃，前辈，是要来我家吗？"

青年的这一迟疑，令纪承彦突然意识到，也许自己太过冒失了。

他也不知从什么时候开始，竟把黎景桐列入那种可以随意联系、不拘小节的朋友名单里。

比如方才他觉得冷的时候，第一个念头竟然就是打给黎景桐，而不是认识多年的志哥。

当然了，志哥住得离这里十万八千里远，而且也只会说"食屎啦你，不会去买把伞哦"。

但对黎景桐这种随随便便的不客气，把他自己都吓了一跳。

虽然行事浪荡、嘴上轻浮，但在人际关系上，纪承彦其实一直是相当谨慎的一个人。

他不爱麻烦别人，更不用说轻易向人求助。

为了淋雨受冷这么点鸡毛蒜皮的事，而向一个并不十分相熟的朋友伸手，这简直软弱得不像他的做派。

纪承彦立刻警醒道："不方便吗？那不麻烦你了。"

黎景桐说："前辈，你把定位给我一下，我来找你。"

在挂掉电话后的时间里，纪承彦一直在暗自琢磨和反省。

也许他真的太随便了？

可能所谓的崇拜归崇拜，黎景桐并没有打算跟他那么亲近？

一般人都不喜欢随意让外人登堂入室吧，地位越高越是如此，也只有他那种狗窝才无所谓。

黎景桐会觉得他太唐突了吗？

其实他不是那么冒失的人。可能是黎景桐之前对他太好了吧，他就有点太放松了，以至于拿捏不好分寸……

黎景桐果然住得很近，他那复杂纠结的心理活动还没折腾完呢，对方就到了。

青年一见他，就大步上前，用手里的外套将他一裹，直接给他囫囵包上，而后低头看着他狼狈兮兮的脑袋，说："你都淋湿啦。"

纪承彦有点受打击。

原本他觉得吧，他比黎景桐胖多了，按理这家伙的衣服他是未必塞得进去的。然而这么容易就穿上了，这不禁令他自尊心大受挫折。

难道他比黎景桐矮很多吗？

纪承彦说："是啊，没带伞。"

黎景桐挺认真地说："最近天气多变，出门还是得带一把。"

"哦。"

黎景桐又说:"忘了也没事,我可以给前辈送伞。"

"……"纪承彦心想,你最好是有那么闲啦。

两人面对面站了一刻,黎景桐道:"前辈要来我家吗?"

纪承彦立刻说:"不用了。"

青年说:"啊……"

"你不方便,我就不去了啊,衣服我回头还你。"

"不不不,"黎景桐像是一下子慌了,"前辈不要误会,我不是不方便,我很方便!我家里没有其他人的!"

"……"纪承彦只得反过来安抚他,"你不用勉强啊,这又没必要跟我客气。"

那时候黎景桐的犹豫是真实的,他怎么可能感觉不出来。

这个需要时时观人脸色、听辨弦外之音的圈子,早已造就了他的敏锐。

"不不,"黎景桐突然有些羞窘了,"我只是……怕前辈到了我那里,会笑我。"

"嗯?"

他自己住那破地方,有任何资格笑别人的住处吗?难道黎景桐还能比他更脏乱差?那也是种才华啊。

黎景桐下定决心一般,说:"前辈,来我家坐坐吧。"

这里到黎景桐的住处,只是步行的距离,两人便合撑一把伞慢慢走过去。

一路雨势依旧,高大的青年走在他身边,小心翼翼地为他举着伞,让他生出一种奇异的陌生的安心感觉。

其实他很久没用过雨伞了。天凉点的时候他会穿一件跟随自己多年的Columbia的防水连帽黑色风衣，帽子一拉上，刮风下雨都能凑合。

他现在的生活是这样的，凡事都给予最简单粗糙的对付。

两人到了黎景桐所住的公寓大厦，搭电梯上去，行至门口，黎景桐在伸手按密码之前，突然又停住了。

纪承彦从青年脸上读出了轻微的紧张和尴尬。

纪承彦说："要不，我还是先回去？"

他不知道黎景桐在为何而纠结，也没有窥探的好奇心。

反正不管是什么，但凡令人窘迫的，那都是不戳破为好。

对他来说是如此，他对别人也一样。

"不不，"黎景桐低着头说，"就算前辈笑我，也没关系的。"

青年默默解了密码锁，大门打开，两人一前一后进到屋内，而后灯光大作。

纪承彦一眼就看见墙上的巨幅海报。

"……"

海报裱得十分精致，俨然名画的待遇，配上红木画框，挂在那里颇有些艺术品的意味，一点也不显得脑残。

然而海报上那个人，不是纪承彦自己又是谁啊。

"……"

能把追星海报贴得这么高大上的，也只有黎景桐了。

从进门起，黎景桐就一脸羞涩，很不自在。此刻见他一脸无言以

对，青年薄薄的皮肤愈发因为尴尬而发红了。

黎景桐说："呃，这个是，我读小学的时候买的啦，因为绝版了，比较珍贵，所以……"

纪承彦只能道："保存得很好啊。"

毕竟是很多年前的东西，到现在还能有这样的品相，确实是下了功夫保养的。

纪承彦和墙上的自己大眼瞪小眼了一会儿。

就连他本人，此时不免都有种"这家伙究竟是谁啊"的恍如隔世的感觉。

那上面是T.O.U时期的他。

他记得那年他应该十八岁吧。

那时的他刘海略长，头发也不短，正是那个年代流行过的发型。幸好当年青春无敌，至清至纯，这种造型居然也不显得"杀马特"。

海报里他穿着看起来很简单的白衬衫，静静立于树下，一手插在裤兜里，一手置于额前，做出将头发往后拨的动作。

阳光透过树叶，斑驳地落在他脸上，令他的眼睛璀璨如星、闪闪发光。

这是出精选辑时的纪念版海报，还有一张贺佑铭的版本。

那时他们刚出道第三年，便已发了两张百万专辑，五张冠军单曲，又趁势推出这张横扫各大榜单的精选辑，那劲头就跟疯了一样，热度高居不下，铺天盖地地到处都是他们的面孔，可谓风光无限。

公司在那期间恨不得把一切都贴上他俩的脸来卖，光海报就出了N个版本，这版是尺寸最大最精美的，此外还有五光十色的一大堆圈钱周边。

　　而今这些东西，就如同他有过的青春，他短暂的辉煌一般，早已不知散落何处了。

　　纪承彦在心中为此略微叹息着，眼光一转，瞥见客厅里的展示柜。

　　"……"

　　那里面琳琅满目的程度，简直令人五雷轰顶。

　　T.O.U时期他们的所有专辑、单曲的各种珍藏版、初回版，演唱会CD、DVD，他演过的电视剧电影的DVD、、主持过的节目DVD，上过的杂志、海报、发过的公式照、写真集……

　　全都在这里！

　　纪承彦呆若木鸡了一阵，回头对着黎景桐，喃喃道："你还真的，是我粉丝啊。"

　　黎景桐略带委屈地说："哎？我本来就是呀。"

　　纪承彦叹为观止，不由得很是花了一些时间来参观当年的自己。

　　黎景桐的收藏太令人服气了，这里头很多东西他自己都没有过，有的甚至完全没有印象了，比如那把印着他的脸的演唱会应援扇子。

　　那个造型惨不忍睹，加上圈钱的粗糙制作，看起来令人啼笑皆非。

　　纪承彦说："这么丑的玩意儿你也留着？！辟邪用啊？"

　　黎景桐满脸"你很不识货"的表情，说："这个很难入手的好吗！"

　　"哇，这杂志是跟我有仇啊，把我拍成这样，"纪承彦简直不忍心看，丑得他都要七窍流血了，"赶快扔了好吗！"

　　"怎么可以！"黎景桐痛心疾首，"这是我好不容易淘到的！"

　　"妈呀，这是什么鬼？这期是找谁拍的啊，把我的鼻孔拍得那么

抢镜头是怎么回事啊？"

黎景桐大声惨叫："不要直接用手拿！会留下指纹的！"

纪承彦心情很是复杂。粉丝能有如此完整的收藏，固然令人感动，但一口气看到那么多挥之不去的黑历史，他也是很想毁尸灭迹。

然而看看青年如临大敌，一副"尽管你是本尊，也不可以玷污我的收藏"的姿态，他也知道自己这些黑历史是不可能被抹杀的了。

纪承彦自我安慰道："唉，算了，反正都比我现在好得多。"

黎景桐认真地看着他，说："你现在也很好啊。"

"……"

青年有着一张过于认真和诚恳的脸，以至于纪承彦没法把"好胖好穷好无聊"这种段子说出口。

他并看不出青年瞳孔里他模糊的身影有多"好"，但落地玻璃窗上清晰映出他落汤鸡一般的模样。

纪承彦看着自己在地毯留下的湿漉漉的印子，突然有些拘束。

青年去拿了干净毛巾，纪承彦接过来，胡乱擦了擦自己乱糟糟的、被暴雨洗刷过的头发和脸，道："多谢了，刚才那把伞借我回去吧，我改天还你。"

"咦？这么早？"青年像是有点无措，"前辈不多坐会儿吗？"

"不打扰你了，我这身上也不舒服，早点回去洗个澡。"

青年立刻一步上前，说："前辈你可以在这里洗啊！回去路上还要很久，湿衣服熬着多不舒服，还容易生病。"

"哦，"纪承彦感激却委婉，"不用不用。"

他第一次如此真切地感受到当年的黎景桐对他，或者说黎景桐对当年的他的那种狂热。

他莫名地有了种接近于畏惧的感觉。

黎景桐心中那个虚幻的完美的他,就好像刷了金粉的泥塑一样。

也许每一次随意,每一次亲近,都会让那掩盖泥像的金粉多脱落一点呢?

黎景桐说:"前辈不用跟我客气呀。其实我家浴缸很舒服的,可以按摩水疗。"

"怎么……"纪承彦问,"你想用这个诱惑我?"

青年一下子像是有点不好意思了,道:"有用吗?"

"没用。"

"哦……"青年想了想,说,"那,我家有很多好吃的……"

"……"

"真的,我去开冰箱给你看。"

纪承彦道:"这也就算了,让外人泡你的浴缸,不会觉得很奇怪吗?"

黎景桐张大眼睛:"前辈你怎么会是外人?!"

"就算是朋友……也不太好吧。"

黎景桐特别诚恳:"前辈能泡在我的浴缸里,那是我的梦想啊。"

纪承彦脑补了一下他梦想的画面,道:"你别说了……"

纪承彦还是去浴室清洗自己了。

他的那种患得患失,只持续了短短几分钟,便泄去了。

毕竟,终究,他只能做自己。

无论黎景桐对真实的他会是什么观感,他都只能真实。

除了真实之外他并无选择，也毫无意义。

毫不夸张地说，黎景桐家的浴室比他的公寓都来得大。

大理石台上的水晶方缸里插了一大束栀子花，空气里有着属于夏日的清新甜香。

雕花的白金瓷砖流光溢彩，按摩浴缸就在落地窗边上，打开窗帘便可以让主人边泡边欣赏这城市的极致夜景，还能来一杯红酒。反正以楼层的高度，根本不担心外人窥视。

纪承彦一时兴起，关了大灯，将顶灯开启，顿时上方犹如满天繁星，浴缸里也流动着闪烁星光一般。

虽然他自己当年也奢侈过，但还是觉得黎景桐这样太过于土豪得无人性了。

好奇张望过后，纪承彦就赶紧进淋浴房，匆匆洗头洗澡。毕竟这是别人家，不可逾矩。

不然他还真想在那深不可测的浴缸里泡上一泡。

这个澡冲得很舒服，轻易便调试到最合适的水温，水流的力度十足，不像他家小水管那种半死不活的软绵绵劲道，能把人急得冒火。他还刻意把水调大了，带点受虐的快感往自己身上冲刷，直到皮肤都泛红为止。

他也特别喜欢黎景桐家沐浴露和洗发水的味道，又淡又幽又远，闭着眼睛的时候让人觉得自己宛若在一个梦境里。

沉醉归沉醉，纪承彦还是洗得挺快的，用架子上的浴巾迅速擦干之后，他发现自己并没有拿换洗的衣服。

纪承彦光溜溜站着，感觉稍微有点尴尬了。

但定下神来仔细一想，其实完全没必要尴尬，他俩彼此什么没见过啊，都是见过世面的人，男子汉大丈夫，还在乎这个？

于是他在浴室里不客气地朝外面的小粉丝吼了一嗓子："黎景桐，衣服呢？"

青年像是慌里慌张地"哦"了一声。过了片刻，纪承彦听见敲门声。

"进来……"这还有什么好礼节性敲门的啊。

门慢吞吞地开了，青年捧了摞衣服进来，他似乎更尴尬，一双眼睛不知道往哪里看的样子。

纪承彦说："你害羞什么啊！"

"我……"青年胡乱看着天花板和墙壁，支吾道，"我也不知道。"

在他的腼腆面前，纪承彦的没羞没臊就回来了，他一手接过衣服，一边吊儿郎当道："又不是没看过，一回生二回熟，有啥不好意思的。"

青年脸红了："前辈的话，不管看过多少次，我还是会不好意思吧。"

纪承彦说："那之前也没见你多客气啊。"

青年害羞地看着自己的脚，说："可能因为前辈在我家，我觉得就像做梦一样，感觉有点特别……"

"干吗？"纪承彦斜眼看他，"你是想着可以在满是我的周边的

地方, 对我做些什么吗? "

青年立刻连耳朵都红了, 安静了一刻才说: "可以那样吗? "

纪承彦道: "想得美! 还不快给我出去! "

青年听话地出去了, 纪承彦准备换上衣服, 才发现黎景桐给他的是折得整整齐齐的一套Dolce&Gabbana的衬衫西裤。

"……"

大概因为他来的时候穿的是衬衫, 黎景桐就特意给他挑了一套差不多的。

只爱简单方便、宽松自在套头T恤的纪承彦不免有些烦恼, 但还是别无选择地穿上了。

"居然能穿得上! "扣扣子的时候竟然不用深呼吸, 纪承彦颇意外。

对着镜子一看, 毕竟不是自己的尺码, 没法处处服帖, 但穿起来也算像模像样。

他当年也是喜欢这牌子的, 剪裁做工都挺好, 修身而不拘束, 正式而不呆板, 六十八公斤的时候他穿着腰直肩阔, 简直完美。

现在嘛, 能穿进去就是好样的。

纪承彦穿好衣服从浴室出来, 黎景桐看着他, 说: "前辈, 你瘦了啊。"

"啊……是吗? "

浩呆和志哥这么讲的时候, 他没什么感觉, 但被黎景桐如此评价, 纪承彦心中竟未免有些得意。

　　他正想故作谦虚一把，又听得青年痛心地说："你最近是不是太辛苦啦？"

　　"……"纪承彦说，"也还好啦，工作比较多嘛。"

　　"也不用这么拼啊。"

　　纪承彦也不知哪来的不爽，怒道："怎么，还不是你叫我奋发图强的啊？"

　　"哎？"青年愣了一愣，而后瞪大眼睛，说，"前辈这是……在意我的看法吗？"

　　接下来的时间里，黎景桐看起来超开心的，一会儿说："哎，我个人的建议，前辈其实可以不用理会啦。"一会儿又说："前辈有把我的话听进去，真是太好了。"就像精神分裂了一样。

　　纪承彦看他在那自言自语，问："有吹风机吗？借我吹下头发。"

　　黎景桐自告奋勇："我来帮你吹。"

　　纪承彦受不起这样的待遇："我自己来就好。"

　　"这个我比较在行啦。"

　　"你在行？"纪承彦道，"这些不是都交给发型师的吗？"

　　黎景桐笑道："我又不是废人。"

　　好吧，当年他们走红的时候，真的就是生活废人。工作太多太忙，每日行程满到匪夷所思的地步，以至于大部分无关产出的琐事都是由别人代劳。

　　他很不喜欢那样，但到了身处那种位置时候，你就会明白，你已经不再是你自己了，也不存在自我。

　　你只是公司系统里的一个重要零件，必须严格按照安排给你的节奏来运转，否则所有事情都会乱套。

黎景桐说:"我很多时候都自己吹头发的呀。发型很重要。"

反正并无第三人在场,纪承彦也就索性坐下,心安理得地享受影帝为他吹头发的服务。

黎景桐的动作很仔细,也熟练,手指在他的发间谨慎地穿梭,偶尔拂过他的皮肤,纪承彦感受着那温柔的指尖和暖风,竟有了些昏昏欲睡的安逸。

忙碌了好一阵,他几乎都睡过去了,才听得黎景桐低声说:"好了。"

室内的温度恰到好处,很有些雨夜的清凉之意,纪承彦整个人被吹得困兮兮又懒洋洋的,回头却见青年脸色微红,额上见汗。

纪承彦奇道:"怎么了?"

"没什么,"黎景桐说,"啊,对了,前辈,你的衣服我回头干洗了,再给你送过去。"

纪承彦忙摆手:"不用不用。"

他那一身都是超级廉价货。

艺人基本的自尊在于,哪怕你再穷,上节目也不能穿重复的衣服,所以他就只能尽量买便宜货,以配合录节目的需求来高频率地更新。

那套衣服的价钱甚至都对不起干洗费。

"那……"

纪承彦道:"或者你随便替我扔了吧。"

不是他大方,那衣服既无法日常穿着(他肯定首选T恤),也不能再用在节目上,老实说基本没用处了。

黎景桐说:"哦……"

纪承彦犯过一阵子困了，现在神清气爽，于是站起来，在客厅落地窗前左右伸伸懒腰，顺便欣赏黎景桐这市中心高层公寓的窗外景致。

住在这里，最棒的部分在于能俯瞰这个城市的璀璨夜景。

车水马龙，流光溢彩，一切最热闹的繁华都似在你脚下铺展。身居高处，真是一种令人沉迷的体验。

其实他以前也住过差不多的地方。

想来有些可惜，当年他也颇攒了些积蓄，彼时这城市的房价尚未失控，要是那时候想买下几套这种地段的公寓，是完全买得起的。

不过那时候贺佑铭总念叨着要跳出公司，自立门户。于是他努力存钱，从不轻易花销，更不要提挥霍，只为了日后能助贺佑铭梦想成真。

只是，谁料得到将来呢。

纪承彦握住一只拳头，放到嘴边，憋不住地咳了一声。

黎景桐放在茶几上的手机突然响了。

铃声入耳，纪承彦猝不及防，呆了一呆。

黎景桐正在厨房里开冰箱拿果汁，闻声忙过来接起电话，是他经纪人打来的，倒也没什么大事，交代了两句工作的事便挂了。

纪承彦怔了一刻，说："刚才那个手机铃声是……"

黎景桐道："嗯，《花随流水》。"以防他想不起来似的，青年又补充道："你们第四张专辑里收录过的。"

纪承彦"哈"了一声。

怎么会想不起来呢，这首歌从词到曲，都是他独自写就，连开场那段钢琴独奏都是他亲手弹的。

但公司觉得它过于抒情感伤了，和他们元气满满、青春阳光的形象不甚符合，因此为当时并没有作为主打。

想来他也觉得奇怪，在当年如日中天的时候，他却能写出那般哀伤心境的情歌。也许那时候已经感知到什么了呢？

那段旋律一旦进了耳中，就立刻侵入脑内，而且难以挥去，并无法抑制地越来越清晰，越来越完整。

纪承彦无法将它从脑中逐出，忍不住又皱眉咳了一声。

黎景桐说："我超喜欢那首歌的。"

"……"

青年低低哼唱了两句："既已习惯了无常，分离亦不用遗憾……"

在他的哼唱里，纪承彦起了一些鸡皮疙瘩，无意识地望着摆在客厅中间的三角钢琴。

从方才一进门，他就发现它的存在了，但一直刻意去忽略它。

然而越刻意，就越难真正无视。

黎景桐突然说："前辈要弹这首吗？"

纪承彦立刻收回视线，道："不用了。"

青年略微失望："我很期待能听前辈本人弹一段呢。"

"……"

"你们那么多歌里，我最喜欢的就是它了，虽然不是主打。"

纪承彦尴尬道："很多年没弹了，早就手生了。"

黎景桐道："那不然我来弹，前辈多多指教？"

"嗯……"

黎景桐一本正经地坐到钢琴前，他美颜盛世、身姿挺拔、手势娴熟，然而一开场就错了两个音。

"……"

然后他还似乎浑然不觉，一路跑偏到天边地自顾自弹下去。

纪承彦不由得对他怒目而视："喂！"

说好的死忠粉呢？

黎景桐停了手，表情颇无辜："哎？怎么了吗？"

纪承彦怒道："这段不是这样的好吗？！"这么差的水平是要气死偶像还是怎的啊？

他挥挥手示意对方闪一边去，黎景桐便笑着往边上挪了挪，给他让出一个位置。纪承彦坐下来，抬起双手，将手指落在琴键上。

第一个音跳出来的时候，他的身体和那琴键一样，都轻微一震。

时隔这么多年，甫出手确实生涩了。

然而许多记忆是时光抹不去的，刻在骨髓里的。

心底有什么沉睡了良久的、没了声息的东西，现在蠢蠢欲动地要苏醒过来。

他的手指像是有了自己的生命一般，在琴键上行云流水，他好像能听到旧时的自己在低唱："听过你歌唱，烙过你模样，已无悔，这一生……"

他还能记得那种疼痛的感觉，清晰的，撕裂的，从最深处蔓延开来的，令全身起了鸡皮疙瘩。

而后他听到掌声。

纪承彦恍然中回过神来，转过头去，见得黎景桐在很认真地鼓掌："超棒的！"

"……"

纪承彦看到放在旁边的佳能5D MarkⅢ，说："就这，你还拍

了啊？"

"对啊，"黎景桐一脸粉丝专属的满足，"我当然要拍下来，才能重温啊！"

"这有什么好重温的！"

"当然值得重温啊！"黎景桐美滋滋地说，"我今晚睡前就要循环一百遍。"

"……"为什么听起来感觉那么变态。

黎景桐甚是开心地对着照相机左看右看，而后说："前辈，真的，你当综艺咖，太浪费了。"

纪承彦说："怎么会浪费，我这么适合吃综艺这碗饭。"

他挺适合当谐星啊，因为他确实很好笑。

"不，"黎景桐说，"前辈，你是应该上大屏幕、大舞台的人。"

纪承彦道："我上过呀。"

"不只是过去。你的现在和将来，都应该上大屏幕和大舞台。"

纪承彦顿感心浮气躁，但居然笑了："开什么玩笑，你看不见我如今什么样子吗？"

黎景桐沉默了一会儿，说："我当然看得见。"

"那不就得了？"

黎景桐望着他，说："前辈，我真希望，有一天，你能看到我眼中的那个你。"

"……"

不知道什么时候，外面的雨已经停了，纪承彦猛然站起身来，道："我回去了。"

黎景桐赶忙跟着站起来："前辈……"

"今天谢谢你了，衣服我改天还你。"

这回他拒绝了黎景桐送他的好意，自己搭地铁回去了。

回家路上，他收到黎景桐的微信消息。

"前辈……"后面是可爱的表情。

"嗯？"

"我说错什么话了吗？"

"没有啊。"

从来都不是黎景桐的问题，可以说黎景桐没有任何问题。

有问题的是他自己。

他始终，无法做到平静地回望过去。

他无论如何，也难以心平气和，不动声色。

"前辈，我可以把我录的那一段视频放到网上吗？"

"……"

"前辈介意的话，那我就不放了。"

他有什么可介意的，他最糟糕、最潦倒的形象都曾被广为流传过，一段弹琴的视频而已，即使弹得再烂又有什么见不得人。

黎景桐的那种小心翼翼让他有些心软了："放吧，记得一帧帧地帮我修个图，美个颜。"

黎景桐回了一串"哈哈哈哈"。

纪承彦心想，几个意思啊，这到底是修还是不修啊？他是很认真地需要PS好吗？

还未到家呢，手机的微博客户端又弹出一大堆的新消息提醒。

不用看，他就知道一定是拜黎景桐所赐。

打开微博瞄了一眼，果然黎景桐已经上传了刚拍的那段视频，并

且热情洋溢地又一次圈了他。

纪承彦舍不得浪费流量，想等到回家有Wi-Fi了，再去看视频的详细内容。

他先习惯性地扫了一遍底下的留言，令他意外的是，这回竟然大部分不是骂他的。

除了"怎么回事？这是在我男神家里？""天了喽，我桐带某胖回家干什么？""关系已经这么好了吗？"的哀号之外，还有很多是纯粹针对他个人的讨论。

"某胖这是换发型了吗？"

"这样看其实也不算胖啊。"

"额头露出来整个人都精神了啊。"

"大变样。"

"天啊，为何在这段视频里我竟然感受到了萌点，我是不是瞎了？"

"我也是啊，我还能抢救吗？"

"楼上两位抱紧我！"

"主要是钢琴的加持吧，钢琴加五十分。"

"还有衬衫，衬衫也加五十分。"

"我给九十九分，扣一分是因为某胖本人。"

纪承彦："……"

"侧面好像有点帅啊，是我的错觉吗？"

"其实他鼻子很好看耶。"

"嘴巴也是。"

"他是不是瘦了啊？"

"讲真,某胖这样看并不胖,而且他五官都不差啊。"

被说得如此天花乱坠,饶是纪承彦珍惜流量,也终于忍不住在地铁上就点开了那视频。

因为不好意思在公共场合开声音,他并不能听见琴声,但他看见了黎景桐镜头下那个专注弹奏的自己。

黎景桐吹头发的手艺确实很不错,他当时没去照镜子,并不清楚自己的模样,现在看来,真该给黎景桐加个鸡腿。

而后拍摄的角度也抓得很好。

不知道是灯光色调柔和的缘故,还是因为他在那短暂的几分钟里穿回至过往的时光,在那镜头下,他的眉梢眼角,又有了昔日那种灵魂和风情;他的鼻梁、嘴唇、下巴,还是少年时候的弧度。

纪承彦坐在拥挤嘈杂的地铁车厢里,透过旧款手机的狭小屏幕,无声地看着视频里那个全神贯注的男人。

最抓人视线的始终是他的眼睛。

他的眼睛温柔沉静,时而深邃,时而透亮,犹如泉水,又宛若星辰。

黎景桐的这条微博又被一通疯转,热到要爆炸。

八卦爱好者志哥不能免俗地去围观了,而后回来发表评论:"讲真话,那段视频确实质量高,也理应圈粉。"

纪承彦道:"过奖过奖。"

"何必谦虚呢,"志哥发了个挖鼻孔的表情,"我又不是在夸你。"

"……"

"视频质量好,纯粹因为那是黎景桐拍的啊。"

纪承彦问:"怎么,黎景桐摄影技术算很好吗? "

"你是不是傻啦,不关技术的事,是因为他是你的真爱粉啊。"

"……"

志哥说:"你不明白吗? 镜头是能体现拍摄者的心的,镜头就是他的眼睛啊。"

"……"

纪承彦在一个人的时候,又点开了那个视频。

这回他用了循环模式。

他不作声地一遍一遍地,反复看着那个,黎景桐眼里的他。

Chapter 6

他们的时代，
tamen de shidai
早已过去了
zaoyi guoqu le

纪承彦回去以后，把身上借来的衣服脱下来整齐叠好，换上平常的睡衣，而后将租来的这个小公寓收拾了一遍。

其实家徒四壁，并谈不上什么收拾，无非是扔东西而已。

他把能扔的都扔了。各种陈年废物、早已不看的杂志、堆积于墙角的啤酒罐、高叠的泡面箱，包括里头几袋还没吃的泡面。

扔完以后，他再大刀阔斧地打扫擦洗了一通。屋子虽然还是破，好歹不算脏乱了。

收拾完已经是大半夜，纪承彦一身臭汗，白瞎了刚才在黎景桐家洗的那场澡，只得去把自己从头到脚又冲了一回凉。

而后他对着镜子，比上一次更仔细地、毫不逃避地审视自己。

还没回到家，纪承彦就接到志哥的电话，志哥在一片吵吵嚷嚷的背景里喊他："小纪，出来吃夜宵啊。"

"……"

"烤串配啤酒，我请客啊。"志哥边扯着嗓子跟他讲电话，边声嘶力竭地叫店员下单，"服务员，再加二十串烤腰子，二十串烤肉筋！"

"……"纪承彦道，"我就不去了。"

"那赶紧来，就是那个大薛烤串，你知道的……"志哥自顾自说了一阵，才反应过来，"什么，你不来？你怎么了？没事吧？"

"没事啊，"纪承彦道，"我想先减个肥。"

志哥爆出来的笑声差点把他的电话给震飞了："减什么肥啊，越减越肥！先吃了再说，吃饱了才有力气减！"

纪承彦一本正经道："志哥，我是真的不去了。从今天起，我要立志当一个帅哥。"

"可拉倒吧你。"

大家都认定他是三分钟热度，并没把这当回事，毕竟嘴里嚷嚷着减肥的人多了去了，真正瘦下来的没几个，大部分是边减边吃，边吃边减。

然而大半个月过去，纪承彦尚能继续坚定地推拒这些饭局，连浩呆找他去吃避风塘炒蟹，他竟然都回绝了。

众人这才痛心疾首地觉得，他搞不好是来真的。

这天录节目的休息时间，大家围着埋头吃便当，志哥看他吃完了收拾饭盒，说："小纪，你真的只吃这一盒就够了？"

纪承彦长叹一声："够肯定是不够的。"

往常他得吃三盒，有时候为了节省下一顿，他还能再多塞一两盒。

纪承彦以壮士断腕的壮烈，把饭盒扔进垃圾桶，大义凛然道："但我在减肥！"

志哥说："还真减啊？你活着不就是为了吃吗？"

众人纷纷劝解："为何要放弃人生唯一的追求？你怎么突然想不开了？"

"苦海无涯，回头是岸啊。"

"你是靠内在吃饭的，何必在意外形呢。"

"反正靠外在吃饭你也吃不饱。"

"……"

节目录到深夜,一行人都疲倦不堪。休息的空当里,纪承彦拿了瓶冰水,靠在栏杆上仰头就灌,给自己醒醒神。浩呆走过来,递给他一根烟。

纪承彦摆手道:"不抽了,最近在戒呢。"

毕竟抽烟对皮肤和身材的负面影响都很明显。

浩呆沉默了一会儿,说:"你真的要转型吗?"

纪承彦笑道:"算是吧。胖得也够久了,想换换口味。"

"可是,很多谐星,一旦瘦下来,就不那么好笑了,"浩呆说,"你记得Jeff吗?他很久没接到工作了。"

纪承彦当然记得。

Jeff 是一个胖胖的同行,他励志在短时间里瘦了下来,比之前瘦了整整一个活人的分量,那靠的是怎样的毅力啊。

然而后续并没有那么励志。

正如浩呆说的,瘦子通常没胖子看起来那么有趣。Jeff的转型并不成功,他即使瘦了,外形也无法走偶像路线,又失去了胖子自带的那种"笑"果,状况反而比之前更艰难了。

演艺圈就是这么残酷。

不是所有的努力,都会有回报。

浩呆说:"瘦不等于成功的。有时候我们可能就只适合这么胖胖地活着。"

纪承彦笑了:"这我知道。"

他在这圈子十几年,上到过最高,也跌至过最低,其中万般景色都见过，没什么道理是他不明白的。

浩呆又说："还有啊，你还是和黎景桐保持一点距离吧。"

"……"

"人是这样的，远香近臭。"

"……"

"你离他越近，跟他想象的那个人，搞不好就差得越远。"

纪承彦拍拍他的肩，说："嗯，我懂的。没什么，我就是想试着换种活法。"

他心中清明，浩呆不是唱衰他，这是浩呆用自己的方式对他传达的好意。浩呆是个很悲观的人。听起来也许荒谬，但不少谐星，生活里就是沉默寡言、消沉悲观的个性。

尽管悲观，但在镜头前必须带给大家快乐，也因为在镜头前只能表现得快乐，私下就沉淀得更悲观。

其实浩呆说的这些，他比谁都清楚。

他知道偶像本来就是造梦工程，而美梦是要靠距离来维持的。

就算黎景桐现在被身为粉丝的狂热蒙蔽了双眼，一旦长期这样互动频繁地相处下去，黎景桐终究也不会瞎得太久。

是否能维持黎景桐心中的那份虚幻，这不得而知，也并不强求。

但他确实是堕落得太久了。

不堕落的人生是什么样的，他已经有点忘记了。

以至于他都想知道，如果不继续堕落，他还能怎么活？

他也好奇，一个像他这样的人，到这份儿上了，对于活成什么样，现在还能有别的选择吗？

他有心试一试，也只是想试一试而已。

　　纪承彦固然依旧没什么上进心,但他减肥是认真的。

　　他减肥的手段没那么多玄妙和花样,无非是最为纯朴的"管住嘴,迈开腿"。于是他近来在朋友圈运动排行榜上的排名一路上蹿,高歌猛进,而后稳居第一。

　　"你是不是把计步器绑在狗身上了啊?"

　　"瞎说,"纪承彦理直气壮,"我怎么可能养得起狗?!"

　　一开始他每天坚持跑三次,每次十五分钟。第一天跑下来,作为一个废宅,纪承彦只觉得天地变色,日月无光,两条腿已经离自己远去了。

　　然而执行一周之后,身体很诚实地表示适应了,他便逐渐开始追加运动量,到后来变成一次四十分钟,一天两次。

　　大家一开始各种调侃他,渐渐地都惊讶于他的坚持了。

　　"你是认真的呀这回。"

　　"小纪确实瘦了点啊。"

　　"你怎么能忍得住不吃的?"

　　"而且每天还得跑那么远。"

　　"你到底瘦了多少啊?"

　　纪承彦谦虚道:"还好还好,也就八九斤而已。"

　　志哥说:"那很可以了,挺大一块肉呢,悠着点,别减太狠了。晚上一起吃饭吧?我保证一晚上就给你吃回来。"

　　纪承彦正色道:"那不行,我还没达到目标呢。"

　　志哥问:"你的目标是多少啊?"

纪承彦含羞带怯道："我打算这两个月再减个二三十斤吧。"

"你想多了吧。"

"要不要这么拼啊，瘦了你的通告费也不会增加的。"

志哥说："对，我们的通告费是按体重给的。你看看大D的吨位。"

大D："谢了志哥……"

"你们别试图诱惑我了，我的意志犹如钢铁，"纪承彦大手一挥，"我要瘦成一道闪电。"

"哥，据说闪电有四米宽。"

"……"

志哥说："这样吧，你要减肥，我们也是支持的，不如这样，为了给你增加点精神动力，这两个月你要真能瘦到七十公斤以下，我们给你包红包，一斤一千块的价格。要是瘦不到那个数，差多少，你给我们发多少红包，行吧？"

纪承彦很是惋惜："早知道我以前就该再吃胖点。只要基数够大，我能把你减破产。"

纪承彦每天的跑步当真都没撂下，风雨无阻，淋着雨他也照样跑。有时候天气太恶劣了，打雷打闪什么的，不好户外跑，他就换成爬楼梯。

期间他膝盖也疼过，换过好的鞋子，减过速度，用过各种外敷膏药。习惯之后，也就没什么觉得苦的了。

吃方面他也耐得住，油腻的基本不碰了，清淡的每餐也顶多吃到八分饱，吃得最多的正餐是紫菜虾米豆腐汤，热量低，还补充蛋白质，实在饿了就啃点水果之类欺骗性的东西。反正纪承彦是一次也没破过戒，也不觉得难以忍耐。

旁人觉得不可思议，但对他来说，这没什么稀奇，他一贯如此。

真心打定主意做一件事的时候，他的毅力向来都很惊人。

就像他之前铁了心想堕落的时候那样。

黎景桐这阵子暂时没见着面了，因为那家伙被拉到遥远的地方拍戏去了，只偶尔在微信上和他聊一聊。

这天黎景桐突然敲他："前辈，听说你最近在减肥！"

"……"谁啊没事那么多嘴。

"前辈减得怎么样了？要不要加入力量训练，会更有效率。"

"还行吧……打算等下个月吧，等减脂的速度下来了，再增加器械训练。"

黎景桐兴致勃勃地说："好啊好啊，到时候我差不多也拍完了，等我回来陪你一起练。"

"不用……我们住得太远了，健身房不好约。"

"没关系呀，"黎景桐很乐观，"我可以去前辈那边的健身房。"

"我有关系！"纪承彦怒道，"你会害我被围观的好吗？！"

黎景桐说："那前辈要不要考虑来我家附近的健身房？这家很多名人来，隐私管理做得很好的。"

纪承彦无情地否决了："太远。"

他有什么必要这么舍近求远啊。

黎景桐发过来一个很可爱的流泪包子的表情，说："啊啊啊，好想跟前辈一起锻炼。"

"……"

然而纪前辈并不打算理他。

这一个月纪承彦的体重发了疯一样，狂掉了十八斤左右，他的户外跑稳定在每日一小时，一小时八公里。基数减少了，体重的下降会放慢，他决定开始进行力量训练来增肌了。

黎景桐也回来了。

纪承彦前一天晚上刚收到他的消息说："前辈，我杀青了！"第二天就看见他出现在自己眼前。

"……"

青年因为拍戏的缘故，头发剪短了，被晒得黑了一圈，也显得瘦了，但看起来更显精神。

"前辈，我给你带了礼物，"黎景桐从袋子里一样一样地往外掏东西，"这个茶叶，还有这个木雕……"

纪承彦觉得这家伙真是精力充沛，正常杀青完了大老远颠簸回来，不都得回去闷头睡个三天才愿意起来的嘛。

青年兴冲冲地说："对了，前辈，我家附近那家健身馆最近有优惠活动，两人同行，一人免单！"

"……"

"你要来试试吗？我现在开始放假，这个月都不工作了，随时可以过去接你哦，随叫随到。"

"……"可以这么任性的人生真好。

纪承彦只得说："不用，我自己过去就行，搭地铁也挺快的。你可千万别来！"

纪承彦在这家健身馆训练的心情是略微复杂的。

诚如黎景桐所说,这里的巨星名流太多了,身材好的也太多了,对比之下,原本因为减重而稍微找回点自信的他,简直一点战斗力都没有。

他看见一个身高足有一米九几,光腿长就能秒掉一部分人身高的家伙,那身材无话可说,连正值巅峰的黎景桐也未必比得上,然而他听说人家已经四十七岁了!

这实在太励志了,纪承彦看着人家如此高龄还能有那样笔直的长腿,紧实的臀线,也只能咬着牙去做深蹲了。

深蹲毕竟是力量训练之王,使用的大肌群最多,几乎所有的骨骼肌都参与发力,对全身力量增长的效果是高过其他动作的,但老实说纪承彦也怕受伤,他练了一阵子的空杆,才敢加重量。

不管是扭了脖子还是闪了腰,都是现在的他承受不起的。

黎景桐显然也是这么想的。于是纪承彦将杠铃放在肩骨上扛离深蹲架的时候,黎景桐就站在他背后,双手穿过他腋下,向前做托举状,放在他胸上,充当保护者的角色。

纪承彦:"……"

他感觉得到青年身上那点清新的气息,还有那年轻的胸膛和手臂的充沛力量。

这是为了防止他因为杠铃重量而导致脊柱受伤,没什么好说的。

他开始做负重深蹲,黎景桐敬业而谨慎地从后环抱着他的腰,作为保护,跟着他的动作,一次次蹲下站起。

在觉察到他开始力量不支的时候,青年立刻有力地锁紧双肘,托住他的胸肌外沿,保持他躯干的挺直,再利用自己双腿的发力帮助他完成了这个动作。

"……"

纪承彦的感觉真是一言难尽。

他一百个不自在，但出于安全考量，不让黎景桐来，也得让教练来保护。

那并没有比较好啊。

老实说他不喜欢那教练的长相和味道，非要选的话，当然还是黎景桐啊。

练完一组深蹲，纪承彦全然是灵魂已出窍，精神也死亡，身体被掏空。他拿了瓶水坐下来想喝两口，手居然控制不住地发抖。

黎景桐立刻上前殷勤体贴地帮他拧开了瓶盖。

"……"他也没有虚弱到连水都拧不开吧。

健身房里人来人往，纪承彦感觉时不时有人在看他们。

在这地方，明星确实不稀奇，但黎景桐鞍前马后地给他当陪练，就有那么点吸引眼球了。不能怪他敏感，毕竟这也是个八卦滋生地。

黎景桐给他递毛巾擦汗的时候，纪承彦忍不住一把夺过来，说："我自己来就行了！"

"……"

青年显得有些不知所措，他只好说："你这样的大咖，弄得跟我的小弟一样，我受不起，别人会说闲话的。"

黎景桐表示甘之如饴："为前辈效劳是我的荣幸啊。"

"……"

"这是我小时候的梦想!"

"……"

好嘛,他巅峰时期,黎景桐的确还是个小学生,这么讲也没什么不对的。

黎景桐又接着道:"小时候看前辈的演唱会录影带,我真的特别羡慕那些工作人员,能亲手给前辈送水,递毛巾,多好啊,多幸福啊。对了,前辈在台上流汗的样子,真的太耀眼了,就像星星一样……"

黎景桐的声音不低,回忆起儿时梦想,显然心潮澎湃,音量又大了几分,附近的客人们不禁为之侧目。纪承彦忙打断他:"快别说了!"

听着都嫌辣耳朵。

练完收工,两人在更衣室换衣服的时候,纪承彦突然问了句:"以前,真有那么好吗?"

黎景桐不假思索道:"当然啊!"

纪承彦正待生出一些"今非昔比"的惆怅来,青年又挺开心地说:"但是现在更好啊!因为我的梦想在一点点成真了呢!"

纪承彦:"……"

真的休息一个月是不可能的,这样练了一个多星期,黎景桐又进剧组了。

相比起这忙碌的年轻人,纪承彦显得有点太无所事事了。

这天纪承彦接了个新工作,等待的时间里闲着没事,就发消息给黎景桐。

"猜猜我在哪儿？"

黎景桐很乖地"哎？"了一声。

"我在横店。"

黎景桐回复："啊……前辈，你是来探班吗？！"

"不是啊。"

青年略微失望地回了个"哦"。

"给你这个头号粉丝第一手消息啊，我的事业要有新突破了。我在《仙剑奇缘》的片场，厉害吧？"

《仙剑奇缘》是根据一部畅销仙侠小说改编的电视剧，大手笔、大制作，名导演、名编剧，男女主演都是圈内当红的人气小生、人气小花，十分热门。

黎景桐立刻回复了："真的呀？前辈好厉害！"还加了一大串星星眼的表情。

对方这过于认真的反应，让纪承彦不好继续信口开河逗他玩了，只得老实说："开玩笑的，是个很小的配角。就一场戏，一共两句台词，然后就领便当了。"

这么无聊的角色也并没有浇灭黎景桐的热情，他还在那头兴致勃勃地追问："哪两句？"

"来者何人，竟敢私闯禁地！"

"还有一句呢？"

"然后死之前'啊'了一声。"

"哈哈哈。"

纪承彦正色道："不要笑，这角色也不是一般人能接到的，我还是托了志哥的人情呢！"

黎景桐回复："前辈，你今天什么时候的戏，我想去探班，就是不知道能不能赶得上。"

纪承彦为之汗颜："别别别，就这么一场，才几个镜头，两下就完事了，还探什么呀。"

他是想来笑掉大牙吗？

"但我就是很想看啊，"黎景桐说，"我已经好多年，没看过前辈演戏了。"

纪承彦过了一刻，回复他："没事，以后有的是机会嘛。"

放下手机，纪承彦看看镜子，他已经热得出了不少汗，好在脸上那繁复的花纹还不至于花掉。

他的角色虽然小，造型却很烦琐，于是早早提前到场，化好特效妆，装好假发，就在这候着了。

然而这一候就是几个小时。

原本女主角前面只有一条戏，拍完就该跟他演对手戏了，结果这位当红小花连吃了几十个NG。

不知道是因为拍大夜戏，精神不好影响状态，还是其他什么原因，总之折腾到最后，导演已然在大发脾气，女主也开始闹别扭，场面一时陷入僵持，只能宣布休息一阵再拍。

场记揣着两瓶水过来，给了他一瓶，纪承彦道："谢谢。"

场记小姑娘是黎景桐的死忠粉丝，爱屋及乌地对纪承彦有点青眼相加，于是一有空就跟他东拉西扯地聊天。

这大夜戏把人熬得够呛，她自然满腹怨言，趁着喝水休息的时候，又跟他大大吐槽了一番。

"就这戏都能NG一晚上，我真是服气！"

纪承彦道："可能隐形眼镜太干了，也会导致哭不出来。"

场记说："害你等这么半天。"

纪承彦笑道："我没关系啊，反正我回去也没事干。"

苦等这么久，纪承彦并不甚在意。

他太久没有演戏了，无所谓角色大小正邪，无所谓为了那么几分钟得等多久。

光是能重新站到片场摄像机前的感觉，就令他紧张又兴奋，几乎全身战栗。

然而一直到天光乍现，也没轮到他的戏份。

前面那场拖得太久，导致时间不够，天都亮了，后面的自然没法拍。

纪承彦化了一身的特效妆，在片场等了差不多一个通宵，只等到一句："这场今天拍不了了。"

纪承彦说："哦……"

然后他花了半天时间拆了假发，把脸上身上的妆卸掉。

因为熬得太久，他从镜子里看到自己两眼血丝，脸上略微显出些疲惫。

准备离开的时候，他在摄影棚附近碰见一头撞来的黎景桐。

"前辈，"黎景桐说，"抱歉，我收工得太晚了！你拍完了吗？"

"没拍成，"纪承彦说，"时间不够。"

黎景桐看着他。

纪承彦奇道:"干吗这种表情?这一行就是这样的呀。"

他俩都最清楚不过,见怪不怪。

青年看起来痛心疾首:"但是,我不想前辈受委屈。"

纪承彦失笑:"委屈什么呀,这种小事,有什么好玻璃心的啊。"

青年想了想,说:"前辈前辈,我帮你约金导演喝咖啡吧。"

纪承彦看了看他,说:"不用了。不麻烦你。"

"不麻烦呀,他是我世伯……"

纪承彦说:"我不想踩着你上去。"

青年忙道:"我不介意的。"

纪承彦说:"我介意。"

青年又显出那种小白兔一样忐忑得不知所措来了。

纪承彦拍一拍他的肩:"需要你帮忙的时候我会说的。"

青年说:"但是……"

纪承彦笑道:"我不能把人情浪费在这种小事上啊。"

青年有些茫然:"哎?"

纪承彦循循教诲:"这么说吧,你要是有个阿拉丁神灯,你会许愿说给我来瓶汽水吗?"

青年过了半晌才有些害羞地说:"也可以的啊,如果不限许愿次数的话。"

纪承彦回小宾馆睡了一觉,醒来的时候刷微博玩,就看到黎景桐又更新了一条。

"我想成为一盏,不限次数的阿拉丁神灯。"

底下又是十来万评论。

纪承彦："……"

依旧只能在综艺节目里摸爬滚打的时间里，纪承彦照样维持着他的严苛训练，也坚持认真记录自己每日的变化。

以这种强度，他的身体状态改善得颇快。一步登天肯定是不可能的，他也没那种野心，但形体的变化已经可以轻易看得出来，很多人都觉得他瘦了。

不过正如浩呆说的："丑又不是因为胖！"

以他那邋里邋遢、不修边幅的样子，就算瘦下来，跟帅也基本没什么关系。

这天纪承彦接到一个电话，他看看来电显示，王文东，是个很久很久没联络的老朋友。

"喂？什么事？"

"哥，我就想问问你，想不想演电影？"

"……"

王文东是个导演，和纪承彦相识的时候他很落魄，用他自己的话来说是怀才不遇，没机会拍什么像样的作品，为了混口饭吃，只要给钱，让拍什么就拍什么，只能硬着头皮拍些没人看的东西。

纪承彦当年也想帮衬帮衬他，但还没来得及有好的机遇，他自己就出事，自身难保了，因而也不了了之。

这两年网络大电影发展迅猛，王文东拍了些蹭热度的山寨网大，虽然还是不入流，然而点击率还挺好看，分账也不错。

作品赚了钱了，就能有点发言权了，能自己挑本子拍了。

王文东约了纪承彦在咖啡厅见面，开门见山就说："哥，我们要拍个网络电影。你有兴趣来演不？"

纪承彦说："行啊，你详细说说呗。"

王文东搓搓手，道："预算二十万吧。"

纪承彦立刻站起来："再见！"

王文东一把拉住他："哥！我开玩笑的！过百万了，过百万了！"

纪承彦坐回来："那也不多啊。能再加点吗？"

"哥，网大这样的预算已经不错啦。不过我们想做得精致一点，经费确实比较紧张，所以请不起什么腕儿，只能请得起你啦。"

"哦……这话说得，几个意思啊！"

"哎呀，哥，我们明人不说暗话，我是夸你便宜，不，物美价廉，啊，不，性价比高！主要是，这故事是很有趣的啊，因为题材的缘故只能搞搞网大，你有空看看嘛，你算男三！戏份不少哦。"

纪承彦回去把剧本看了一遍。

王文东倒没有忽悠他，故事虽然粗糙了点，还是挺抓人的，他一口气就看完了，觉得很有那么点意思。

而且他那个角色也没有一出场就死，虽然最后还是死了，但好歹撑到底了，而且不只是"啊"那么一下就死，还有挺多台词呢。

看过剧本，他也能明白王文东找他的原因所在。

这个角色太考验演技，新人演不了，撑不起来。想要演技靠谱又有资历的演员，可这苦穷剧组才给那两个破钱，能请得动谁啊。

想来想去，兼备"有资历"和"很便宜"两个优势的他，就挺合适。

于是他很快回复了王文东："行啊。"

他是不在意钱少的。

反正他也没有过钱多的时候啊……

而且他跟志哥那边的带状节目，刚好这一季要结束了，有一段休息时间，他的档期配合得上。

很快纪承彦就进了剧组，见到了要在接下来这二十来天里朝夕相处的其他小伙伴们。

这电影是双男主模式，两个男主角都是刚出道的新人，年纪轻，别的不说，长得都挺好看，统一的身高腿长。

纪承彦不禁感慨，幸好自己出道早，当年他的皮囊在市场上还算是比较帅的。要放在今天，也真没他什么事了。

彼此打过招呼之后，王文东说："为了感谢你的参与，作为老朋友，有福利给你哦。"

这福利就是，这戏里唯一的一个女角色，算女一号，剧情上是配给他的。

纪承彦只好说："我真是谢谢你了啊……"

女一号长得挺清秀，演的是大变态大反派纪承彦心中的那一朵白莲花，叫雯雯。

组里明明有两个鲜肉帅哥，感情戏偏偏是跟帅哥之外的那个人演，雯雯妹子多少有些失望。

她虽未见过真人，但对综艺节目里纪承彦的尊容还是有点印象的。

妹子心知他的定位是谐星，已经不抱什么期待了，加上纪承彦进

组的时候风尘仆仆，一身的汗，熬夜冒出来的胡子也没刮，灰头土脸的，简直令妹子心灰意冷。

到了定妆的时候，因为纪承彦头发实在太长，已有种过气艺术家和街头流浪汉的混合气质，而反派大Boss不该这么潦倒，于是妆发师毫不留情地把他头发给剪了，整了个颇有气势的利落短发。

这短发效果，跟纪承彦以往去店里十五元剪的那种刚从监狱放出来似的板寸不同，看起来竟然相当清爽，又有几分冷酷，令他整个人都得到了升华。

然后整张脸收拾干净，化好妆，又换了一身反派Boss必备的西装，纪承彦出来拍他的定装照的时候，众人都惊讶地看着他。

仔细瞧瞧，除了衣着打扮有差别之外，他好像和之前的那个纪承彦没什么不同，但又感觉大有不同。

在镜头前，他的背挺直了，头抬高了，举手投足没了以往的散漫，他看起来十分从容不迫，沉着优雅。

眼神姿态的不同，竟可以让一个人的样貌有这样大的变化，简直判若两人。

王文东说："厉害了我的哥！你这样，还挺……"

纪承彦道："挺帅的是吧？"

王文东很感慨："我们的妆发师真是化腐朽为神奇。"

纪承彦笑一笑，做了个点烟的动作，气派万千道："给你个机会，重新说一遍。"

王导演卑躬屈膝道："哥，不，大佬，我错了……"

苦穷剧组的进度很赶，毕竟每天烧的都是钱，于是不多啰唆，很快便开机了。

一开始对于这些演员，剧组上下都挺陌生，并不了解，彼此都有些试探的意思。

而几天相处下来，大家心里渐渐也有了底。

男主里头，科班出身的那个叫李苏，样貌演技什么的都过得去，就是明显的心高气傲。

感觉得出他其实是不太看得上这种小项目的，开剧本会的时候跷着脚在那一言不发，面无表情，不算好相处。

另一个叫简清晨，还是个在校学生，专业完全不搭边，学的是建筑。据说是因为长得好看，在餐厅吃饭的时候被坐在隔壁桌的经纪人发掘的。

简清晨的外貌没得挑剔，青春无限，肩宽腿长，眼睛特别大，笑起来还有两个酒窝，一副少年不识愁滋味的模样，有种未被沾染过的天然劲儿。

然而演技实在是一言难尽。

"Action！"

纪承彦笑道："怎么了？想告我？可以啊，凡事要讲证据。"他轻描淡写地一摊手："你的证据呢？"

见对方无话可说，他又举起手指，故意朝着指间吹了口气，像是吹散某个已化为云烟的人证似的。

简清晨于是鼻孔大张，干号着朝纪承彦扑过去。

场记立刻笑喷了。

"咔。"

王文东说："你别凶狠得那么刻意，太浮夸了。"

"哦……"

"再来一次。"

简清晨又一次嗷嗷地扑上去。

"咔!"王文东说,"你也不能没表情啊!"

NG了太多次,简清晨已经有点慌了,一脸蒙圈道:"哦……"

纪承彦过去和王文东商量了两句,而后场记板一敲,重新开始。

简清晨再一次扑上去,这回导演也没过多要求了,避重就轻,让镜头尽量多带纪承彦的脸。

纪承彦被这一扑,结结实实地往后摔在地上。这一下摔得毫不含糊,他表情里轻微的惊愕和龇牙咧嘴,在镜头里非常生动。

王文东低声说了声:"好!"

简清晨咬牙道:"你这个疯子,我、我……"

"……"

他忘词了。

王文东额头上的青筋开始跳:"咔。"

简清晨站起来,勉强笑了笑:"抱歉,我有点紧张……"

他确实很紧张,额角的汗清晰可见。

王文东说:"休息十分钟,给他补个妆。"

化妆师妹子黑着脸拎着化妆工具过去。

一开始剧组里的小姑娘们各种花痴他的颜和身材,宠他宠得不行,没过几天就吃不消了。

毕竟一条随便就能NG三十次,拖得一场戏拍到大半夜,大家都没得休息。

进度不行,谁的日子都不好过,小姑娘们即使是颜控,也开始颇有怨言。

纪承彦正仰着脖子喝水，简清晨过来，小声说："对不起啊，纪哥。"

纪承彦放下揉背的手："没事没事。"

"我不会演戏，拖累你了。"

不会演戏还能演男主角，也是令人啼笑皆非。不过纪承彦也没有刻薄的打算，只说："一开始是这样的，慢慢来，多磨磨就会了。"

"嗯……"

"其实也不是什么复杂的表演，你纯粹是经验少，得从现实里找点代入感，"纪承彦说，"简单点，你想一想，现实生活里，你有没有遇到过像这样的一个人，你打心里气他、恨他，但对他又无能为力，然后有一天控制不住爆发出来的时候，你会是什么样子的？把这种情绪找出来，自然而然去表现，就差不多了。"

简清晨沉默了一会儿。

纪承彦也不知他能琢磨出什么来，只拍拍他的肩："别有心理负担，千万别想太多，想着你恨我，就行了。"

简清晨实在是门外汉得可以。那些站着耍耍帅，念念台词的戏份，他勉强还能过关，这种需要情感爆发的，他是完全不知所措，拿捏不好力道。

在当年，这种没有任何基础的新人，光凭一张脸，是不可能站在镜头前的。

相比之下，他们那时候出道前要经受的种种训练和层层淘汰，就显得太严苛了。

不过纪承彦也并不觉得不忿。

时代不同，规则也不同。

而属于他们的时代,早已过去了。

再度开拍,纪承彦又一次被恶狠狠地扑倒在地上。

简清晨一手揪住他的领口,一手高高挥起。而最终那攥紧的拳头只停留在空中,他咬牙切齿道:"你这个疯子……"

大家都怕这货又忘词,一时屏住呼吸。

他紧盯着纪承彦,眼圈微微泛红,嗓音略带嘶哑,一个字一个字道:"我一定会让你付出代价的,你等着。"

"咔!"王文东说,"好。"

众人都有种刑满释放的感觉。

简清晨扶他起来,说:"辛苦纪哥,陪我拍这么久。"

纪承彦道:"不会,你也辛苦了,刚刚进步很大。"

这估计是简清晨进组以来得到的第一句关于演技的正面评论,简直可喜可贺。

简清晨笑一笑,道:"谢谢纪哥。"

他并没有预想中的兴奋,倒像是略有心事,笑容里带了层淡淡的阴影。

Chapter 7

拍戏风波

paixi fengbo

休息了一阵子，等场上重新摆放道具，妆发师给简清晨重新补妆，弄好头发，下一场戏的男主李苏也来了。

他倒是十分机智，比预定的时间来得晚得多，又差不多能赶得上真正的拍摄。不耽误事，也不用白等。

"反正简清晨一定会拖时间呀。"他如是说。

纪承彦先去边上歇着，其实他今天也就两场戏。刚跟简清晨的那一场，然后等下面两场走完，还有一场他跟吃瓜群众的戏。

但等刚才简清晨那一场，他就等了足足一下午，也是哭笑不得。

纪承彦坐了有一个多小时，李苏和简清晨会面的剧情居然还没拍完。简清晨并没有在方才的好状态之后乘胜追击，而是NG出各种新高度。

"……"

纪承彦昨晚拍了场大夜戏，今天又在这熬一天，不免犯困，开始在那东倒西歪地瞌睡。

统筹过来，摇醒他说："纪哥，你要去车上睡会儿不？"

纪承彦摆摆手："不用不用。"

给他排的时间是不太好，但剧组也只能这么排：把简清晨的份连着拍完，简清晨就可以走了；李苏的拍完，也可以休息了；至于他，戏份排得散一点也是正常，多等等就是了。

纪承彦终于等得靠在椅子上睡着了。

等他醒来的时候，发现那俩还在那NG。

纪承彦："……"

他看见王文东在那说戏，隐约听见焦头烂额的王大导演在跟李苏说："你多带带他……"

李苏气冲冲道："我带不起！"

"……"

安抚完男主，王文东刚转过头来，统筹又满面愁容地过去："导演，能不能就这么算了？再拖下去今天要来不及了。"

王文东说："来得及来得及，最后一场是老纪的，一次过，几乎不需要时间。"

纪承彦："……"

王文东的算盘没白打，纪承彦一下就演完了，他的台词就算现场收音都没问题，完全不给大家添麻烦。

总算收工了，王文东过来，笑容满面说："哥，今天辛苦啦。"

纪承彦警惕道："怎么？"

突然这么客气，一定没好事。

王文东作苍蝇搓手状："没什么没什么，就是我们编剧觉得剧本可能得调整一下，回头等她改完，再把新的给你？"

"没问题啊。"边拍边调整剧本这是常有的，不算什么事。

回去睡觉前，纪承彦又刷了一下微博。

进组以后他的关注列表上不可避免地多了几个人——剧组里的上上下下，还有这个剧的官微。无聊的时候刷一刷，看看热闹。

然后他就看见官微发了一张新鲜热腾的，他在椅子上睡得口水

横流四脚朝天的丑照，配文："WULI敬业的纪老师辛苦了！爱你！么么哒！"

纪承彦："……"

这是他的黑吧？！

纪承彦一觉睡醒，就看到黎景桐几个小时前发来的消息。

"前辈拍戏辛苦了！"配上一堆可爱的柴犬表情。

纪承彦回道："不会。你也挺辛苦。"

黎景桐留言的时间是凌晨，多半他自己都刚拍完大夜戏收工，谁也不比谁轻松，做这行的难道还能指望朝九晚五啊。

没有马上收到回应，他想黎景桐多半是在补眠。

看着那一堆柴犬，想象了一下青年睡着的样子，纪承彦突然有点好奇于青年近来具体在做什么、怎么样了。

于是他边起身收拾，边搜了一下黎景桐目前在剧组的消息。

"……"

根本翻不完，资讯茫茫多，各种路透和饭拍，应接不暇。

当红偶像的粉丝真是幸福，永远不缺物料。

不过路人大多时候都拍不到黎景桐的正脸，各种戴着口罩、帽子的，有也是隔得大老远的，甚是模糊。但光是看那挺拔的身形和两条无处藏匿的大长腿，也是相当可爱了。

然后他搜了一下自己，有他消息的也只有这网络大电影的官微了……

不过一向孤单寂寞冷的官微，昨晚发的那条他睡得死去活来的微博，竟然有了不少转发和评论。

仔细一看，果然是因为黎景桐点了个赞。

吃瓜群众已经被黎影帝这种审美缺失的脑残粉行为雷得麻木了，不再大惊小怪、鬼哭狼嚎，而是在下面闲情逸致地议论纷纷。

"这样看着腿还挺长的。"

"纪胖是不是瘦了啊？"

"换发型了？"

"是不是闭着眼睛的缘故，感觉颜值提升了？"

"有道理，把脸蒙上的话颜值更高。"

纪承彦："……"

正翻着，突然弹出黎景桐的消息。

"不好意思，刚才睡着了！"黎景桐用各种萌萌的表情发消息过来，"昨晚的照片，前辈看起来很累的样子，心疼！"

"没有啦，熬夜了就容易犯困，年纪大了难免打瞌睡。"

"前辈连个能睡得舒服点的地方也没有。"

"椅子已经很舒服了好吗。"以前录外景，睡地上都是家常便饭，有张椅子可以躺简直该感恩戴德了。

其实他拍这戏的体验已经算很轻松了，王文东和他相熟，工作人员也相处得不错，剧组上下对他都算友好，大概因为反正哪个都不红，没什么好特别捧高踩低的。

黎景桐发了个柴犬趴地泪流满面的表情："好想能去照顾前辈。"

"你来了能干吗……给我当助理，帮我抢盒饭吗？"

黎景桐乐颠颠地发了个美滋滋的柴犬："好呀好呀，我一定抢得

比别人快，第一时间抢回来给前辈！"

"……"需要想象得这么投入吗？

恰逢王文东来找他："纪哥，剧本改了一下，你再看看。"

纪承彦忙把手机收起来，将剧本拿着，迅速看了一遍。

"干吗没事瞎给我加戏啊？"

原本简清晨和李苏的对手戏删了不少，新增的都在他身上了。

王文东搓手道："这不是，因为你演得好嘛，编剧妹子都被你打动了，我们都觉得该让你多点表现的机会。"

"……"纪承彦把剧本一合，"说实话。"

"好吧，实在是简清晨太难搞了，得靠你教啊，哥！"王文东双手搭住他肩膀，表现得情真意切，"我们大家都清楚，这些演员里头就哥你是最靠谱的，对吧。"

纪承彦问："这合适吗？说得过去吗？"

这样一来他的戏份加了许多，快赶上男主了。要说别人没意见，那是不可能的。

王文东连连道："说得过去，说得过去。"

"跟他们商量过了吗？"

"会跟他们谈的，"王文东一拍胸脯，"这事交给我，你放心。"

纪承彦到了片场，看大家反应，是都拿到新剧本了。吃瓜群众貌似没什么意见，简清晨也表现得挺高兴。

他兴冲冲地说："多了不少跟纪哥的对手戏呢。"

"你不介意吗？"纪承彦道，"你的戏份少了。"

"不会啊，"简清晨说，"其实我巴不得越少越好。"

"……"

"我不是讨厌演戏，我只是，发现自己真的没天分，"他黯然道，"他们都说我只能把自己演成一张照片，只有嘴在动。"

"……"

"天天拖大家后腿，我都不知道该怎么办了，睡也睡不着，看到镜头就慌，"简清晨郁郁道，"有时候我真觉得，是不是该干脆放弃比较好。"

纪承彦道："别这么说。这虽然是个小项目，可你要知道你是PK掉了多少人，才拿到这个角色的。有多少人混了一辈子，都没有演男主的机会，你就这样放弃了？这让那些求而不得的人怎么想？"

"……"

"你这么年轻，一入行就能有这样的机会，这是种幸运。"纪承彦道，"可你要明白，这种幸运不是理所当然，更并非能永远伴你左右。在这一行，幸运女神是最薄情的，趁她还肯垂青你的时候，你千万要懂得珍惜。"

"……"

"还有，演员这职业，固然是有天赋高低，有些人的确是老天爷赏饭吃。但是，"他注视着简清晨，"你自己要先努力得够了，才有资格谈天赋够不够。"

"……"

"懂了吗？"

简清晨沉默良久，才低着头说："谢谢纪哥。"

"不客气。"

"真的，"简清晨说，"你说得对，就算最后证明我吃不了这碗饭，这次历练也是非常非常值得的。"

他认真地看着纪承彦，那双小鹿般的大眼简直能柔化世上最刚硬的心肠："能跟纪哥一起演戏，是我遇到的最好的事了。"

"……"纪承彦一被人说好话就全身不自在，很想拔腿就跑，只能干笑道，"别傻了，以后还有许多更好的事等着你呢。"

比起感恩戴德的傻白甜简清晨，拿到新剧本的李苏，态度就不是那么友善了。

纪承彦微笑着跟他打招呼，他只不咸不淡地扯扯嘴角，然后继续玩手机。

纪承彦能理解他的不愉快，也不以为意地在桌边坐下，等王文东给他们说戏。

"这场是季少凯审问江临的戏，他不想放虎归山，但最多只能关押江临四十八小时，心态上他已经开始沉不住气了……江临抛出罗铭的家世来挑衅季少凯，季少凯在这里第一次得知师弟的秘密，震惊愤怒之余产生了动摇，这里边的情绪，李苏你要好好把握一下……"

李苏面无表情地听着，一声不吭。

王文东絮叨了一阵，开拍了。

镜头里的纪承彦依旧是他那八面玲珑的油滑劲儿，犹如一尾怎么也抓不住的鱼一般。

"季警官，还有一个小时，你要是再问不出东西来，我可是要走了啊。"

整个过程他都滴水不漏，谈笑风生，适当地装傻，圆滑地敷衍，真心是一丝漏洞也没有。

虽然几十个小时不间断的审讯让他面上略显憔悴，但依旧是怡然自得，笑容不减，怎么看都是一位风度翩翩的绅士。

李苏满眼血丝，"啪"地将手里的卷宗摔在桌上，直视纪承彦。

"下一次你不会这么走运。"

"哪里走运了？"纪承彦笑道，"走运的人就不会出现在这里了，对吧？"

"……"

"其实，季警官，我也不知道，要是你们真的找到所谓的证据的话，又怎么会不翼而飞呢？要么是根本就没有证据那种东西，要么……"纪承彦顿了一顿，"莫非是有内鬼？"

这个词明显戳痛了李苏，他青筋一跳，瞪着纪承彦。

"虽然季警官对我有偏见，不甚友好，但其实我个人还是很想和季警官交个朋友，能帮的时候尽一点绵薄之力的。"纪承彦道，"有件事，我不知当讲不当讲。"

李苏一副"那你就干脆别讲"的表情。

"你知道你那个宝贝小师弟，是什么人的儿子吗？"纪承彦笑道，"他爸爸当年可有名得很呢。"

李苏皱起眉："罗清队长生前一直是我们所景仰的……"

纪承彦打断他："哎呀，你跟那个绿帽侠一样，都以为罗铭是他亲生的啊？"

"……"

李苏表情猛然凝固。

"送你个大礼，"纪承彦笑道，"你知道何绍桓吗？"

"……"

李苏像是石化的雕像终于崩开裂缝一般，双目赤红，大吼一声："你闭嘴！"

纪承彦在心中赞了一声，李苏这爆发力不错，毕竟是科班出身。

纪承彦并不闭嘴，还添油加醋道："对女人来说，罗清那种大老粗，又怎么能跟何绍桓比呢，是吧？"

李苏一步过来，不容闪躲地，扬手给了他狠狠一记耳光。

清脆响亮的一声响。

周围蓦然一片寂静。

纪承彦在一愣过后，迅速做出反应，把脸偏回来，对着审讯室的那面玻璃墙，不动声色地笑道："这样不好吧季警官，外面可都看着呢。"

"咔！"王文东回过神来，说，"很好。"

剧本上的确有这么一出，但谁也没想到李苏会真打。

按理他只要做做样子，以纪承彦这种老江湖，可以配合得跟真打没什么两样。

对着纪承彦脸上清晰可见的掌印，化妆师面显尴尬。

"不好意思，"李苏说，"我只是想尽量真实一点。"

不等别人开口，他又先声夺人道："导演，刚才的效果如何？要是演得有问题可以批评我。"

王文东犹豫了一下，实话实说："拍出来很好。"

纪承彦笑道："那就好。"

化妆师妹子给他补妆补得有点抓狂："这叫什么事啊。"

纪承彦安抚她："过会儿就淡了，随便遮遮，不会耽误连戏的。"

化妆师妹子还在气："非得下手这么重，有仇吗这是？"

在等戏的简清晨也过来了，一脸的担忧。

他问："李苏这是故意的吗？"

纪承彦道："谈不上，情绪上来了，他这么演是对的。"

化妆师说："算了吧，他就是心里有气呗。"

简清晨瞪大眼睛："他真是故意打纪哥吗？那就太过分了吧！我去找他。"

纪承彦拉住他："别闹！你找他干吗？那一场确实演得到位，我又没白挨打。"

"但是……"

纪承彦道："你什么都不懂，见得少，所以大惊小怪，这哪叫事啊。"

补完妆，化妆师妹子气鼓鼓地走开了，简清晨还是满脸的纠结。

"怎么了？"

"都说娱乐圈钩心斗角，充满黑暗，"简清晨说，"没想到这么快就见识到了！"

纪承彦顿时笑喷了："这哪算黑暗啊。"

他拍一拍简清晨的肩膀："这真的连最轻微的级别都算不上。记住，想混这个圈子，第一件要做的事就是扔掉你的玻璃心。"

"……"

"以后混得久了，见得多了，你才知道什么叫厉害。这种浮于表面的，再狠都不是事。"

简清晨那一脸纯洁的懵懂，让纪承彦不由得担忧地想，这家伙真

的适合这圈子吗? 自己让他坚持下来, 真的是对的吗?

转念又一想, 算了, 这圈子的真正规则是谁也摸不透的。

各人有各人缘法, 顺其自然吧。

这日纪承彦和导演、编剧一干人等坐在一起熬大夜, 边聊戏, 边吃叫来的外卖。

编剧啃着鸡爪, 道: "说来, 最近组里有些关于纪哥的八卦, 应该是有人想黑你。"

"有人黑我? 感觉我这是要红啊, 好兴奋!" 纪承彦问, "黑我什么?"

"说你演这戏, 靠的是潜规则。"

纪承彦没心理准备, 不由得喷了一口茶。

王文东边咀嚼毛豆, 边看看纪承彦, 面露难色道: "谁潜他? 我吗?"

纪承彦说: "你干吗那么为难的表情? 你以为你很帅吗? 潜我会让你很吃亏吗?"

王文东苦着脸道: "我不想跟你传绯闻啊, 要传好歹也该是跟个大胸萌妹才合适吧。"

纪承彦认真道: "我跟你讲, 我以前最胖的时候, 其实胸也不小。"

王文东扔了毛豆捂住耳朵大叫: "我不想听这个!"

李苏来片场了, 一副高岭之花、不屑同流合污的高冷范儿, 站得远远的, 朝纪承彦这边看了一眼。

王文东擦擦手："开工了开工了。"

回头又跟纪承彦说："哥，你别跟他一般见识。"

"啊？"

"李苏嘛，他人也不坏，但就一心高气傲的小少爷，见不得有人抢他风头。我这不是老夸你嘛，他估计心里不痛快。唉，他那个经纪人也是比较难搞，反正只要没把他捧在手心里，不跪着跟他说话，他们就是不满意的。"

纪承彦哈哈笑道："都不是事，只要他能好好演，要我奴颜媚骨地爬过去跟他说话也是可以的呀。"

嘴上说笑，实际上纪承彦也是一点都不介意。

他跟李苏是相处得不好，但他是来工作，又不是来交友。

无论私下关系如何，镜头前能配合好就行。李苏的演技尚可，嫩是嫩了点，基础还是扎实的，脑袋也不笨，又争强好胜，这就意味着至少不会演砸。

灯光师的大灯之下，深夜也仿似白昼。

李苏无论神情身姿，都犹如利剑出鞘："那又如何！"

纪承彦挑起眉毛，笑了一笑。

在李苏咄咄逼人的演技之下，他并不会捉襟见肘，反而有种游刃有余的闲适。

他重复问道："那又如何？"

纪承彦敛起笑容，他周身气息瞬间冰冷，陷入黑暗，冷笑道："很快我就会让你知道的。"

从满面春风到狠戾阴沉，只在一瞬，令人猝不及防地心头一凛，起了鸡皮疙瘩。

"咔!"王文东连连说,"好,很好!"

而后他赶紧补上:"李苏也演得很好。"

李苏已经黑着脸走开了。

纪承彦摸一摸鼻子。

对方的敌意对他来说不是坏事。

李苏越是有那种不服的劲儿,越是在气势上压过他,那么但凡他俩的对手戏,魔高一尺道高一丈地飙起来,效果就越好。

拍戏要的不就是这个嘛。

剧组突然要搞个开放探班日。

纪承彦觉得这基本没他什么事。

虽然是新人,但李苏是科班出身,又签的是大公司,一切都很专业,早就有自己的粉丝后援会了。开机的那天就有一些他的粉丝到场,还挺有组织纪律性的。

而简清晨在入行前,固然只是个建筑系学生,但其实已经有一定的网络知名度——广为流传的校草兼学霸的帖子里有他,被营销号各种转发莫名地带了一波热度以后,他也算个小网红了。

他自己平时也挺勤快地发自拍,和粉丝互动。人本来就长得好看,加上名校学霸人设,还要啥"自行车"啊。

光靠发照片,他的微博粉丝就有个几十万,底下一片"这么好看的小哥哥!""爆灯了爆灯了,美死了!""神颜小哥哥!""你是全微博最好看的小哥哥!""自己用后置镜头也能拍得这么好看!""小哥哥求你上衣的链接!""包包是LV和Supreme的合作款吗?""有颜有才又有钱,求娶!"

粉丝的数量和热情度都吊打纪承彦这种过气老艺人。

不用想,探班的粉丝必然都是冲着这两个人来的,其他人嗑瓜子就行了。

探班日这天,王文东还特意换下平日的老头衫和人字拖,整了套人模狗样的衣服,抓了个发型,显出焕然一新的样子来。

纪承彦看了他一会儿:"你是不是化妆了?"

王文东露出几分羞涩:"也就让小艺稍微弄了一弄。"

纪承彦拍拍他的肩:"你真是费心了,可惜并没有什么用。"

"……"

带着平常心态溜达到现场,一眼看到巨大的"纪承彦粉丝后援会"的横幅和灯牌,纪承彦差点把嘴里嚼着的口香糖吞下去。

所有人都惊呆了。

王文东问:"哥,这你请的群众演员?"

"……"

要不是巨大的闪瞎眼的Logo,他真怀疑这大量的吃瓜群众是走错片场了。

纪承彦说:"这真不是我请的!"

请这么多人,光盒饭他也发不起啊。

"那你哪来的后援会啊?"

"我也不知道啊!"

他的粉丝后援会成员统共只有一个黎景桐吧。

这不知哪来的后援会，竟然一点都不敷衍，见他出来，立刻训练有素，热情整齐地为他加油，还应景地有妹子们的尖叫。

纪承彦："嗯？"

这群众演员的演技好得他都要信了。

而且群众演员们的应援还相当专业，旁边桌子上满当当的礼物都是这后援会送来的，贴着纪承彦Logo的应援水果、点心、饮料一应俱全，包装甚是精美，数量也很可观。

纪承彦："……"

这群众演员的质量会不会太高了啊？

简清晨也震惊了，虽然前来给他探班的粉丝也挺热情，但相比起纪承彦的专业应援阵容，简清晨的粉丝显然只是松散的民间组织。

简清晨赞叹道："纪哥你真的很厉害，比我想象得还厉害！"

"……"

"这也难怪，你演技那么好。"

"……"

"说真的，一开始我没意识到纪哥你有什么特别，慢慢地才觉得不一般。"

"……"

"现在我才明白自己有多幸运，"简清晨认真道，"第一次演戏，就能跟你学习。"

"……"纪承彦说，"不好意思，我去上个厕所。"

他真的受不了别人这种无来由的亮闪闪的崇拜眼神。

李苏貌似心情不是很好，毕竟他的假想敌本来是简清晨，但居然被纪承彦抢了风头。

王文东老夸纪承彦，他本来就有点不是滋味，毕竟自己来这里，演个破网络大电影，已经是屈尊纡贵，还不是该随便就拳打萌新，脚踢过气？

然而一脸蒙圈的简清晨比预想得更没威胁性，过气老艺人倒是总冒出来抢戏。

李苏到边上打电话给经纪人吐槽，见纪承彦从洗手间出来，便对着电话说："群众演员现在很便宜了吗？"

纪承彦摸摸鼻子。

人家说得也没错啊。

要说他真能有那些粉，他自己都不信。

然而这所谓的后援会确实很专业，正规军水平，一看就不是一人一百块加管饭请来的乌合之众。

纪承彦想了想，躲在角落打开微信，准备给黎景桐留言。

然后他发现黎景桐的头像不知什么时候变成一只柴犬。

"……"，

纪承彦发了个消息："你干的好事？"

黎景桐很快就回复了，不打自招道："不不不，我没有强迫她们，来的都是喜欢你的，真的。"

纪承彦难以置信："什么？这难道是从你自家后援会里调出来的人手吗？"

这比请群众演员还要丧心病狂啊。

强行把自家粉丝拿来给他用，粉丝也是有人权的好吗？

"不是你想的那样，"黎景桐忙信誓旦旦道，"她们也是前辈你的粉丝，没有骗你！我有推荐前辈以前的CD和现场演出给她们哦，她们真的是因为喜欢上你才主动愿意来的。"

"……"就算不喜欢，你家真爱粉冲着你的面子，也是要装成喜欢啊！

这年头粉丝真不容易，光应援自家偶像还不够，还得替偶像的偶像撑场面。

要黎影帝亲自帮他推荐，为他拉粉，也实乃难得殊荣。

回到现场的纪承彦感觉十分尴尬。他也没法落落大方，心安理得地摆出一副"瞧瞧这都是我的江山，这些都是我的粉"的架势来，连"谢谢大家支持"都说得有点心虚。

好在黎景桐的这些粉丝素质都相当高，和他的现场互动也表现得热情满满、生动自然，没有表现出半分的勉强和不情愿。

以至于剧组众人都在"这真的不是群演？""这的确不像群演""可这怎么可能不是群演？"之间摇摆不定，就差没下注了。

不管怎么说，这个开放探班日，纪承彦算是赚足了面子。

来采访的几个小媒体也在通稿里礼节性地写上两行，说他"人气之高"，"令人刮目相看"。

虽然没什么用，但对他来说，也是难得的脸上有光的时刻了。

回头纪承彦还在微博上收到了不少圈他的"粉丝"返图和Repo。

纪承彦边吃着剧组淡而无味的盒饭，边刷着那些叽叽喳喳的评论来下饭。

"吓到我，纪胖本人居然不胖！"

"照片感觉瘦了超多啊。"

"是不是P过了？"

"又不是官方图，有什么好P的。"

"我有去现场，他本人比照片看起来更瘦。"

"镜头真的胖五公斤啊，真人看起来刚好的，比镜头上好看很多呢。"

"天了喽，你居然用了'好看'这个词？瞎了！"

"稍微有一点帅到我哦。"

"而且气质一点都不猥琐啊。"

"对对，他换了发型，穿个西装，我都快认不出来了。"

"讲真，可能我需要去看一下眼科，因为我居然觉得纪胖的颜可以一舔。"

"这都能舔？！服！"

"我也有点要路转粉了。"

"我觉得纪胖气场不比男主角弱耶。他干干净净的样子其实蛮清新的。"

"是的，李苏本人没有照片那么好看。"

"我发现纪胖居然长得比简清晨还白！"

"如果我说纪胖是现场的一股清流，会不会太过分了？"

"我只想知道组团看眼科有折扣吗？"

纪承彦简直要怀疑这是黎景桐给他买的"水军"了。

大概因为简清晨和李苏那两个人，本人固然是英俊的，但比起放

到网上的那些找好角度的精修照片,并不会有更惊艳的感觉。

而他装疯卖傻的形象毕竟深入人心,群众原本对他的期待值实在太低,以至于看到改进过后的一本正经的真人,反而有种谜之惊喜。

而后他又收到黎景桐发来的消息。

青年发了一大堆冒心心的可爱表情。

"看到探班Repo好开心!"青年很是兴奋,"她们发了很多前辈的视频和照片给我!"

"……"真是辛苦黎景桐家的粉丝了。

"好想前辈,"青年说,"越看就越想念你。"

"……"

"真羡慕她们。"

"啊?"

"我也想去探前辈的班。"

"……"得了吧你。

"我可以去吗?"

纪承彦呛了一下,还是回复:"你不是正在拍戏吗,杀青了?"

黎景桐道:"还没。不过这两天没我什么戏,我可以走得开的。"

纪承彦也猜得出"没什么戏"那是不可能的,多半得黎景桐自己去拼出两天空档。

他颇有些感动,然而以他一贯天不怕地不怕的厚脸皮,这时候却突然生出种类似于怕丑的尴尬来。

犹豫了片刻,纪承彦还是说:"不用了吧,来来回回也挺赶的。"

"不会赶啊。"

"别来了。"

青年似乎很失落，半天都没再有消息。

纪承彦等不到回应，随手刷了下微博，便发现黎景桐又刚更新了条微博。

没有文字，只有一个抹泪大哭的柴犬表情，底下已经一堆潮水般的安抚和慰问，还有大批粉丝在赶来的路上。

纪承彦说："行吧……你想来就来吧。"

黎景桐是个高效率的行动派，立刻毫不含糊地订了票，打算第二天带个助理就直接飞来。

纪承彦也抽了时间，跟剧组预约了台车，准备到时候自己去机场接他们。

纪承彦一贯淡定，但到这日就不由自主地焦躁不安，老忍不住看手机App上的航班动态。

黎景桐是坐10点从T城起飞的航班，纪承彦从7点飞往T城的前序航班开始关注。

偏偏这不争气的前序航班一大早就延误，原计划是7点从其他城市起飞，9点到T城。结果一延再延，一直到9点半，他才看见那航班总算显示"开始登机了"。

开始登机，登机结束，排队起飞，在途中，下降中，好容易前序航班的状态变成"已抵达"，纪承彦都快把手机戳烂了。

而从前序航班抵达，到黎景桐这班飞机能顺利从T城起飞，中间起码还得再需要一小时。

"真烦人！"纪承彦戳了一上午手机，比被延误在机场的乘客还心浮气躁，朝王文东抱怨，"叫他别来还不听！你看吧，净让人操心！"

王文东说："哥……他这又不赶时间，就算延误也没什么大不了的，又不是工作怕耽误，你着什么急啊，别看不就得了？"

"……"纪承彦道，"我哪着急了？我纯粹是觉得烦，不行吗？"

终于App显示黎景桐的航班降落的时候，纪承彦已经在机场坐了好一会儿，机场五十多块一杯的咖啡都喝了三杯了。

真烦人，他心想，还烧钱。

"前辈，我落地了，"黎景桐发消息过来，带了一大串冒心心的表情，"很快就能到你身边了。"

"……"算了，三杯咖啡也没多少钱。

纪承彦在抵达厅等了一会儿，终于看见青年于人群中渐行渐近的身影。

黎景桐戴了帽子和墨镜，穿着最简单的白T恤黑裤子，纪承彦还是一眼就在抵达的人潮里把他认出来了。

青年也大老远地就举起手来挥了又挥，生怕他看不见自己似的，还往上蹦了蹦，像只快活的小兔子一样。

纪承彦略微恍惚了一下。

上一次见黎景桐这样朝自己走过来，是在巴厘岛的草坪上。

当时的黎景桐是什么模样的呢？

记忆里似乎已经淡化模糊了，只隐约记得那时天很蓝，风很清，空气里有草叶的味道。

那一刻并不觉得这个人会和自己有什么交集，不过是过眼云烟罢了。

而此时青年已经走到自己面前，笑容闪闪发亮地说："前辈！"

被他的笑容所感染似的，纪承彦也觉得心情有点明朗。

黎景桐道："前辈这么高兴吗？"

"嗯？"

"你在笑啊。"

"……"纪承彦说，"我是看到你们带了这么多东西。"

大包小包的助理："……"

"这么客气干吗，"纪承彦说，"东西到了就行，干吗还带人呢。"

"……"

好不容易把行李强行塞进后备厢，助理诚惶诚恐地独自坐在后座，黎景桐坐在副驾驶。

纪承彦刚发动车子，就听得青年说："前辈，你瘦了好多。在剧组太辛苦了吧？"

纪承彦道："好事啊，这不就是我追求的目标嘛。"

"是的，我也知道，"黎景桐有些惆怅，"但我还是很心疼。"

"……"

纪承彦往后视镜看了一眼，助理训练有素地抱着包包，正襟危坐，目不斜视，一副什么也没听见的样子。

到了剧组入住的酒店——说酒店其实显得太高级了，就是个小宾馆——就遇到点小麻烦。他想带着黎景桐和助理直接上楼，结果前台小妹特别敬业地叫住他们："那谁，过来登记一下。"

纪承彦说："他们不住这儿，就跟我上去放放东西。"

"访客也要登记啊，"前台说，"身份证拿出来。"

两人只得乖乖掏出身份证。

前台拿着黎景桐的证件，看了一眼，又看一眼，蓦然双目圆睁，纪承彦在她尖叫之前赶紧捂住她的嘴。

"天哪！"她在纪承彦的手指缝里含糊不清地说，"黎……黎……我是你……粉丝！天喽！我好喜欢你！"

"……"只能怪来这儿拍戏的剧组都格调太低，没什么像样的明星，导致前台妹子没有练出足够的淡定。

黎景桐说："谢谢谢谢。"

"我跟能你合照吗？！"

纪承彦说："赶紧的，登记吧，还有事呢。"

妹子不死心："那……"

纪承彦道："你别声张，别让其他人知道，回头就给你弄个照片，还带签名的。惹出麻烦就什么都没有了啊。"

前台妹子立刻配合地捂住嘴。

上楼的时候，黎景桐似乎陷入了沉思。

放好东西，看他还若有所思，纪承彦便问："嗯？你在想什么呢？"

黎景桐望着他："前辈，你说我不住这儿？那我住哪儿啊？"

"这附近不是有好的酒店吗？"纪承彦道，"你没订房间？"

黎景桐道："我给小许订了。"

小许就是整好行李以后又出门去了的助理。

纪承彦只得装傻道："经费这么紧张？那你俩可以挤一挤啊。"

黎景桐说："我能跟前辈挤一挤吗？"

"……"纪承彦道，"我就这么邮票大的一个房间，你忍心让我再挤一点?"

黎景桐立刻说:"我也不占什么地方的!"

"你长这么大个儿,还不占地方?"

"我可以坐椅子上睡,不影响前辈。"黎景桐说,"睡地上也可以啊。"

纪承彦觉得这样讨价还价不是办法,断然拒绝道:"不行。你睡地上我怎么睡得安稳?你当我是那么没人性的?"

黎景桐看着他:"那……"

纪承彦道:"我给你订一间房,行了吧?"

黎景桐安静了一下,说:"我明白了,我不该给前辈添麻烦。你要拍戏,得养好精神。"

"嗯……"

空气里有那么一刻的沉闷和尴尬,而后有人来敲门。

门一开,助理小许拎着个袋子,没敢进来,在门口探着头说:"桐哥,我买好饭了。"

黎景桐过来接过袋子:"好,你休息去吧。"

门又关上,小许风一样地来,又风一样地走了,没多耽搁一秒。

黎景桐问:"前辈也还没吃午饭,一起吧?"

纪承彦道:"我喝了不少东西,热量够了。"

知道他在控制体重,黎景桐也不坚持,打开外卖袋,把饭菜拿出来。

小许是个机灵的小伙子,还挺会觅食的,不知在哪儿找的餐厅,外卖包装得挺好,带来一盒酸汤肥牛脆虾球、一盒水煮龙利鱼、一盒酱排骨、一份炒甘蓝,闻着颇香,卖相也很激发食欲。

纪承彦抽出根烟叼在嘴里，光叼着，不点。犯烟瘾的时候他就这么干。

他叼着那烟，看着青年独自坐在小茶几前面，弯着腰缩着腿吃饭。

其实他自己也不清楚，和黎景桐之间要保持着怎样的分寸才是合适的。

但无论如何是不能太近了。

他不确定黎景桐在粉丝立场的盲目崇拜之外，是不是对他有那个心，就当他自作多情好了。

反正他自己是没有那个心的。

他的心在很早以前就已经死了。

青年发现了他停留得过久的眼光，也停止咀嚼嘴里的排骨，抬头看着他。

"……"

"前辈很想吃这个吗？"

纪承彦忙说："不了。"

青年显然误会了他的若有所思，犹豫了一会儿，像是狠了狠心："这个热量太高了，的确不能给你吃。"

"嗯。"

青年嚼了两口，又停住，再次看向他。

"前辈好像很纠结？"

"没有啦……"

"要不，"青年说，"还是给你吃一块吧。"

"……"他对食物的执念已经如此深入人心了吗？

青年安慰道："就吃一块没事的，跑个两公里就能把热量消耗掉了。"

"……"

看着这块夹到面前的充满同情的排骨，纪承彦只好张嘴接住。

其实他有相当一阵子没吃排骨了。

更早的，记忆模糊的那些日子里，这东西算是奢侈的，那时候实在太穷了，十块钱撑一星期的日子也熬过，可以长期不见半点荤腥。

他记得终于选上练习生的时候，公司有提供味道并不好，但可以管饱的盒饭。

贺佑铭在饭盒里扒拉了半天，从黏糊糊的土豆底下翻出来两块排骨，给他夹了一块大一点的。

那时候，那么年轻的他们，那么容易满足的他们。

曾经那么快乐的他。

Chapter 8

不是那种
bushi nazhong
关系
guanxi

吃过饭，把带来的东西拿出来分类和交代清楚以后，黎景桐就乖乖告辞了，是否跟小许挤一间房也不得而知了。

这一大堆吃的用的，还有营养品，大部分零食是留着分给工作人员的，等下小许会来帮着拿到片场。

其他的林林总总，五花八门。保暖的、纳凉的、垫背的、护腰的、减肥的、保养的、护肝的、明目的……感觉能开个小型百货商店。

他也不是很懂黎景桐送礼的逻辑，大概就是觉得这个他也用得上，那个他也用得上，就都一并打包带来了吧。纪承彦翻着的时候都忍不住笑了。

下午纪承彦夹着那条Hermes毛毯，跋着Tod's拖鞋，狐假虎威地带着大包小包的小许，去了片场。

王文东："哈？"

纪承彦气派地道："这些是给大家的，随便拿，随便吃，工作辛苦了啊。"

王文东拿了瓶即食燕窝，看了又看："哥，你这派头，是刚抢完银行回来了？"

"说来，那个谁，"王文东不敢提名字，只说，"他等下会来吗？"

纪承彦道："可能不会吧，他挺累的，估计得在酒店休息。再说，我们拍这个，也没什么好看的。"

"说的也是。"

他有交代过黎景桐，最好别来。就算要来现场看热闹，也要记得

要用过街老鼠的姿势，以免被人发现。

不过他也拿不准黎景桐会不会来。

不来更好，否则他挺不自在的。

虽说他是老油条了，对自身演技心里也有数，然而他可没拿过影帝啊。

忽悠王文东和被影帝观摩，那还是两回事。

这边正忙着准备开拍，纪承彦眼角余光就瞥见有个高瘦的年轻人鬼鬼祟祟地进了摄影棚，又是帽子又是口罩的。

"……"

这怎么就学不乖呢。

果然就有人过去拦下他："来干什么的？"

统筹和他四目相对，过了三秒，她问："你、你是……"

"……"年轻人犹豫了一下，似乎想转身就走。

统筹立刻发出惊天动地的尖叫声。

"啊啊啊！"她以接近超声的女高音尖叫道，"黎景桐吗？！"

纪承彦感觉现场顿时像被核弹炸了一样。

"黎景桐！啊啊啊！"

原本井然有序的摄影棚内被炸成一锅粥，吃瓜群众都把手里的活儿扔了，冲上去里三层外三层地把黎景桐围了个水泄不通。

黎景桐惨遭围观，堵在那里动弹不得，纪承彦只能奋勇上前，左右开弓，强行扒开人群，把他刨出来。

黎景桐口罩帽子都掉了，头发也乱了，纪承彦一看还怪恼火的，把他揪到身后，说："你们这是，打算把他生吃了啊？！"

妹子们还在歇斯底里地鬼叫，完全控制不了。纪承彦心想这叫什么事啊。

黎景桐一脸蒙。他不是没见过粉丝沸腾失控的场面，但通常不可能这么近距离无防卫的状态，而且必然有几个彪形大汉作为保镖帮他挡着。

这样势单力薄的还是头一遭，他有点低估了自己的杀伤力。

在这一片不可收拾的兵荒马乱里，纪承彦高声道：“都给我消停点！再这样我让他立马滚出去了啊！”

此话一出，现场顿时鸦雀无声。

十八线过气小谐星敢这么说话，大家都惊呆了。

谁对黎景桐用过“滚”这字眼？就算斩获各种大奖，圈内德高望重的金导演也不能够吧？

一时万籁俱寂，大家都看着黎景桐的反应。

黎景桐说：“对不起，前辈，对不起，我的错。”

众人一副被雷劈焦了的表情：“……”

不管怎么说，现场总算是冷静下来了，众人按部就班，该干啥干啥。虽然难免惦记着签名合照摸两把的，但也只能先在心里骂骂纪承彦，等把几场戏拍完再做打算了。

这边黎景桐跟个小白兔一样惴惴地坐在角落，大家碍于凶神恶煞的纪承彦而不敢上前，于是在忙碌的现场里显得形单影只。

纪承彦拿了瓶水过去。

“不好意思。”

“对不起。”

两人同时开口，又停住，互看一眼。

纪承彦道："刚没给你面子。"

黎景桐说："不，是我给前辈添麻烦了。"

"那可不，"纪承彦道，"你是不知道自己有多红是吧？所以都叫你别来了，走到哪儿都不安稳。"

看着黎景桐被一群人一通狂热地撕扯，他还是有点火气的。

黎景桐说："我知道，但我还是想看看前辈。"

"……"纪承彦道，"算了，不是你的问题，我也不该对你说重话。"

"怎么会呢，前辈做的是对的。"黎景桐道，"那时候如果好好说话，他们根本不会听的，就得有人那么呛，才有用。"

"……"纪承彦看着他，"你倒不是玻璃心。"

黎景桐说："我当然不会玻璃心啊，玻璃心怎么追前辈？"

"……"也是，追星的粉丝都已经练成金刚不坏之身了。

纪承彦一抬眼，意外地看到李苏来了。

这两天编剧妹子打通了任督二脉，又在修剧本，所以先拍些无关紧要的部分，给李苏和简清晨放了一天假。

简清晨有事赶回家一趟，至于李苏，没他的戏份，这剧组对他来说太无聊，他已经第一时间出去找乐子了。

这时候回来，多半是因为听说黎景桐在现场的缘故。

果然李苏径自走到黎景桐面前，面色有点发红，额上还带了点汗，不知道是因为赶来太匆忙，还是紧张的缘故。

"你好，我叫李苏。"

黎景桐坐在椅子上，抬头看看他，礼貌道："你好。"

平时不可一世的李苏，这时候竟像是有些发抖："那个，我们以前合作过的。"

"啊……"

"你拍那个饮料广告的时候，我有参演。"

"哦……"

李苏还在出汗："我，我喜欢你很久了。"

导演在等他们就位，纪承彦以此为由立刻走开了。

他并不想看到李苏这种战栗的窘迫。

或者说，这种在偶像面前低微的仰慕，并不应该有第三人在场。

纪承彦的这一场是和雯雯的对手戏。剧情是他在临行之前，交代心爱的女人要万事小心，等他归来。

"饭要记得好好吃，"纪承彦仔细地端详着她，说，"你最近都瘦了。"

其实雯雯只是清秀而已，但纪承彦看着她的眼神，就好像她是个天上地下举世无双的大美人。

雯雯嗔怪道："哪有，你什么眼神啊，我都胖成这样了。"

她起身去拿东西，在屋内走动，纪承彦的目光时刻都在追着她，满是珍爱怜惜不舍，眉梢眼角都是自然而满溢的深情。

"这段时间，我会让阿辉照看好你的。"

"那你什么时候回来？"

"办完事就回来。"

"还会走吗？"

纪承彦安静了一刻，伸手去将她垂在脸颊的碎发拨到她耳后，闭眼笑了一笑，又注视着她，低声道："不走了，这回再也不走了。"

和他对视的时候，雯雯居然真真切切地脸红了。

"咔，很好。"

休息补妆换布景，纪承彦喝着水，往黎景桐那边看了看，发现李苏正好走了，只留下一个背影。

黎景桐过来，纪承彦问他："聊了这么久，很投机？"

"啊？聊什么？跟那人吗？"

"对啊。"

黎景桐道："我忙着看前辈的戏呢。"

"你就没好好理他吗？"

"有呀，他说话我都有回应呀。"

回的都是敷衍的单音节吧。

纪承彦道："人家好歹是圈内人，又是你的忠实粉丝。"

"哦，对哦，他是我粉丝啊。"黎景桐对李苏的模糊印象，总算从心不在焉里被拉回来了，说，"他还跟我要电话号码呢。"

"你给了吗？"

黎景桐说："当然没给啊。"

"……"

的确，微笑礼貌然而拒人于千里之外的冷漠，才是黎景桐该有的标签。

黎景桐又说："前辈演得真深情。"

"哈，"纪承彦道，"这角色从头坏到脚，唯一的优点就是痴情了吧。"

"光这一个优点,就能让角色立起来了。"黎景桐说,"我觉得能吸粉。"

"承蒙吉言了。"

黎景桐又说:"能被前辈用那种眼神看着的人,真是好幸福。"

"啊……哪幸福了啊,人家雯雯内心是拒绝的好吗。"

"怎么会,她刚刚都脸红了。"

"脸红那是因为之前看到你了吧。"雯雯也是尖叫着冲上去围堵黎景桐的一名生力军。

"不是,"黎景桐认真道,"被前辈那样看着,任何人都会动心的。"

"……"

可拉倒吧。他这么深情款款地看着志哥,跟志哥借钱的时候,也没见奏效过啊。

黎景桐这一来,影帝近在咫尺,升斗小民们难免纷纷打起小算盘。王文东也过来找他:"待会儿收工,你俩肯定是要一起吃饭啊?能带上我吗?"

"……"纪承彦道,"这我做不了主,我问问吧。"

事实证明他是做得了主的。

他一问黎景桐:"回头咱们吃饭的时候,能带上我朋友吗?就是导演。"

黎景桐就说:"前辈决定就好,我都听你的。"

"……"纪承彦道,"这么好说话?你自己的想法呢?我当然也要考量一下你的意见嘛。"

"我的想法?"黎景桐说,"我当然是希望跟前辈单独相处啊,

时时刻刻都单独相处，也想睡在你房间里，但你肯定不同意啊。"

"……"要不要说得这么直白啊。

"既然我的个人诉求不可能被满足，那当然是以前辈你的感受为主，你开心的时候我也会开心的，你不开心我也会感同身受，所以呢，这类事情，你来决定就可以了。"

"……"脑残粉说得居然还挺有理有据。

"行吧，那等下就我们仨一起吃饭，让王文东请客好了，吃他一顿大的。"

然而李苏又来了。

被无情拒绝，也还是不气馁，这的确是粉丝该有的品质。

想一想，同为粉丝，某种程度上而言，黎景桐的待遇算是好得多了。

李苏一站到黎景桐面前，就气焰全无，有种瑟瑟发抖的感觉："我晚上能有荣幸请您吃个饭吗？"

黎景桐微笑道："不好意思，我今晚有安排了。"

"那，晚点还有时间吗？黎……老师……"李苏像是不知道要怎么称呼才是合适的，"您会待多久？别的时候方便吗？"

"我等下跟纪前辈和王导演一起吃饭，回去就休息了。你们明天不是还要赶进度吗？"

面对这拒绝满满的言外之意，李苏还是锲而不舍："或者这样您看合适吗？这顿我来请，王导演和纪……前辈也可以一起来啊。"

"这样啊，我不知道纪前辈介不介意啊。"黎景桐转头看看纪承彦，"他跟前辈关系很好吗？"

"……"纪承彦看着李苏，李苏也看着他。

面面相觑了片刻，纪承彦说："还不错。"

大概就是上了年纪，他看不得别人这么求而不得的样子吧。

最后一行人驱车去市中心，选了家高级日料店。

纪承彦不能无视热量胡吃海喝，心想吃点刺身还是可以的，一坐下来，李苏就问："黎老师您想吃点什么？"

黎景桐在纪承彦身边坐着，转头问："纪前辈你想吃什么？"

"……"

这三人之间波涛暗涌，王文东表示不敢说话。

知道是李苏做东，纪承彦也不好意思乱点，就随便点了个三文鱼和北极贝刺身。

黎景桐看一看，道："前辈客气什么，这么多难道你就喜欢这俩吗？"

李苏居然也说："是的，纪前辈不用给我省钱。"

"……"

然后黎景桐点了松阪和牛配松茸、时蔬拌帝王蟹、鲷鱼蟹肉卷、抹茶金枪鱼、牡丹虾、龙虾刺身，还有一堆烤物。

纪承彦："……"

李苏倒是面色如常，还补了盐烤和牛和各种天妇罗。

趁着李苏去打电话，王文东去洗手间的时候，纪承彦对青年道："这样好吗？粉丝请客，你不打算客气点？"

这家还是挺贵的，人均随便就四位数，又不吃套餐，随意单点，会不会有种拿粉丝当冤大头的嫌疑。

他自己倒是无所谓,但不想给黎景桐招黑。

黎景桐说:"为什么要客气?本来今晚是我跟前辈吃饭,我一定会给前辈点最好的菜。现在是他硬要请啊,难道我要因为他,而降低前辈本该享受到的食物品质?"

"……"他的脑残粉逻辑还是挺清晰的。

这顿饭吃得纪承彦略微尴尬,没法放开来讲段子炒气氛。

幸而他貌似是唯一觉得尴尬的人。王文东还是挺能聊的,李苏也努力搭话,黎景桐专心致志地帮他取菜,不时配合地应对两句,气氛比预想得要好点。

席间点了两瓶清酒,纪承彦道:"我就不喝酒了吧。"

"前辈要喝点什么?"

纪承彦问:"有茶吗?茉莉绿茶、柠檬红茶之类,冰的无糖的那种。"

服务生表示店内不提供这种(格调太低的)茶饮,纪承彦也就作罢,喝了点水。

黎景桐问:"前辈想喝哪个?绿茶还是红茶?"

纪承彦道:"都可以,不过店里不是没有吗?"

"我可以去帮你买,"黎景桐道,"刚过来的时候附近有家茶饮店。"

纪承彦:"……"

李苏:"……"

王文东:"……"

纪承彦不忍看那两人脸上被雷劈了的表情，只得说："不用了吧。你等下被店员认出来，又被路人围堵了怎么办。"

黎景桐说："前辈放心，我可以的。"然后就真的出门了。

剩下三人面面相觑。半晌，王文东说："哎哟，纪哥，他对你是真的好啊。"

纪承彦只能"哈哈"两声，干笑着吃面前的刺身。

过了一阵，在他怀疑是否需要去解救被围困的影帝的时候，黎景桐还真的带着两大杯冰茶饮回来了。

纪承彦还挺意外，问："居然没被认出来？"

黎景桐边帮他插上吸管，边有点小得意地道："店员看了我几秒，我就先自己说：'我是不是长得有点像黎景桐？'"

"……"

"然后他就说：'对对对！真的很像！'我说：'别人都这么讲，我都想去报名那个《超级明星脸》了。'然后他就各种鼓励怂恿我去，说我一定能红的，还给我打了个折，本来一杯十五，只收我了十二。"

王文东听得哈哈大笑，李苏则是一脸复杂。

一顿各怀心思的饭局算是顺利吃完，埋单的时候纪承彦被数字吓了一跳，李苏倒是没有半点在乎的意思。

黎景桐落落大方地对他道："谢谢款待。"

李苏忙卑躬屈膝地说："不不，谢谢黎老师成全我，给我这个机会，实现我的心愿。我希望下次还能有这样的机会。"

"……"纪承彦心想，不管什么人，在偶像面前，都是卑微的啊。

回去之后，纪承彦收到王文东的微信消息。

王文东说："刚李苏来找我打听，问你到底是什么来头。"然后配了个大笑的表情。

"……"

"说真的，哥，黎景桐对你简直了，绝对是亲生的粉丝啊。要不是亲眼看见，别人说给我听，我是决计不会信的。"

纪承彦不由摸了摸鼻子。

黎景桐声称他是偶像这事，大家多少有所耳闻，但是否值得当真就是另外一回事了。

毕竟这圈子，你透过屏幕、透过媒体，看到的都是浮于水面的，都是别人想让你看到的东西。至于水面之下究竟是什么，谁都不得而知。

黎景桐这种线上线下一致的"纪承彦脑残粉"设定，估计是让李苏崩溃了。

其实别说李苏了，连他自己有时候都有点蒙。

睡前纪承彦打算冲个澡，毕竟回来又认真做了一会儿举重和俯地挺身，出了一身汗。

他拧了两下淋浴器开关，没出水。再一用力，把手整个掉下来了。

"……"

纪承彦打电话给前台报修，前台让他稍等，会有维修师傅上门。

然而这个"稍等"稍得有点久。

纪承彦顶着汗湿黏腻的头发，无言以对。

在朋友圈刚吐槽了这事，他就立刻收到黎景桐的消息："前辈可以来我这里洗啊。"

"……"

"我房间环境还可以，浴室也大，有浴缸。"

黎景桐深谙图文并茂的道理，紧接着还拍了好几张不同角度的照片发过来，以证实所言不虚。

"……"这何止是还可以啊，Westin的行政套房，高端大气上档次，落地窗外是车水马龙、灯如繁星的夜景。

舍得花钱真好。

他的房间也有窗，比起剧组打杂的工作人员的无窗特价房要好一点。然而窗户一推开横在眼前的就是宾馆的灯牌，第一天住进来的时候都把他给逗笑了。

纪承彦说："算了，不用麻烦了。"

过了一阵，黎景桐发消息过来。

"我知道前辈在介意什么。其实你不用担心，我们可以互换房间。等你来了，我就去你那个宾馆住。"

"……"

"我没别的想法，想你休息得好一点而已，"黎景桐道，"你不用防着我的。"

"……"

"或者这样吧，我先去小许那边。我的房卡等下留在前台，你来了直接取就行，我不会去打扰你的。"

纪承彦只得说："没必要，没什么打扰不打扰的。我现在过去，你先帮我叫两杯茉香绿茶，冰的，无糖。"

纪承彦刚曲起手指那么一敲，房门就应声打开了。

青年显得很雀跃，眼睛亮闪闪的。

"你来啦，茶我也帮你叫好了。"

纪承彦说："谢谢。"

"这边有水果，冰箱里也有饮料，你看有什么需要的，随便用，没有的话可以叫他们送。"

"不用，我洗个澡就行了。"

"嗯，"青年小心地说，"那我，先出去了？"

"用不着，"纪承彦道，"我一大男人，洗澡还怕你破门而入啊？"

纪承彦洗完澡出来，看见青年捏着遥控器，坐在客厅沙发上看电视，一手拿着手机，一手在那儿心不在焉地按来按去。

按着按着刚好转到一个台，在播黎景桐演的电视剧。

纪承彦："……"

黎景桐："……"

青年赶紧转台，纪承彦眼疾手快按住他："快给我转回来！"

接下来的场景就是纪承彦一边神清气爽地喝他的茉香绿茶，一边看着黎景桐当年演的玛丽苏狗血剧，黎景桐在旁边以手掩面。

那是黎景桐入行拍的第一部电视剧，担纲男二。

他也算起点很高了，然后运气也好，这部桐檬影业试水的古装版《霸道总裁爱上我》，让他一炮而红。

纪承彦边看边被雷得七荤八素，剧情真是够浮夸的，简直集所有狗血套路桥段之大成。

但说实话，雷得还挺过瘾，毕竟玛丽苏是永远不退潮流的主题。加上那时候的黎景桐才十八岁，青春无敌，"帅"绝人寰，略显粗糙的造型也Hold得住，他的发际线还自带美人尖，活脱脱一个古装美男的好坏子。

黎景桐演的霸道王爷一巴掌将倒霉催的御医打飞出去，然后抓起昏迷不醒的女主一通猛摇："本王不准你死！"

纪承彦忍不住哈哈大笑。

黎景桐："……"

然后女主幽幽醒转，两人相拥，镜头又是一通360度旋转。

纪承彦快被笑死了。

黎景桐一副羞耻的样子，索性抱了个枕头，把脸埋在枕头里。

纪承彦安慰他："其实挺好看的呀。"

黎景桐羞愤道："你都笑成那样了……"

"雷是没办法的嘛，但你演得挺好，而且你看你那么帅。"

黎景桐生无可恋："唉……"

男主是拿来走剧情的，男二才是拿来爱的——这部剧里黎景桐把这准则贯彻了个彻底。他演的这个角色最后失去女主，然而彻底赢得了观众，播完之后他的风头力压男主，成了最大赢家。

这剧虽然天雷滚滚，收获许多吐槽，但能飙出高收视率，成为年度爆款，也是有它的闪光之处的。

除了剧情节奏快，爽点抓得准之外，黎景桐的霸道王爷确实够苏、够痴、够宠溺。

屏幕上的黎景桐在抱着女主诉衷肠，纪承彦说："你看，你也演

得挺深情的嘛。"

黎景桐道："比起前辈今天演的，感情的把握还是差得远了。"

"哎呀，"纪承彦道，"我现在都多少岁了，你那时候才多少岁？刚成年？人生阅历和感情经历有限，你那样的演绎已经可以了。"

纪承彦想一想，又坏笑着说："不对，这也不是照年纪来算的。说不定你那时候已经阅历丰富、过尽千帆。"

黎景桐说："没有，我还没谈过恋爱呢。"

"……"纪承彦冷不防又被雷了一次，"你这也……太纯情了吧。"

"太忙了，其实真没时间谈情说爱，"黎景桐道，"而且也没那个心思。"

"……"

纪承彦没想到自己摊上了这么个纯情少年，一想到自己之前很可能……他脑中就闪电密布，万道惊雷。

这算怎么回事啊！

纪承彦尴尬了一下，说："没谈过恋爱，那你恋爱戏演得挺好啊，有天赋。"

黎景桐安静了一刻，说："我都是，想着前辈你，来演的。"

"……"纪承彦说，"想着我演过的那些戏吗？不错不错，学习能力还是挺强的。"

"……"

两人坐着把这台放的两集电视剧看完了，纪承彦的茶也早喝光了，吸管还在嘴里叼着，都给咬变形了。

他正想着好像该是时候告辞，就听得黎景桐先开口："前辈就留在这儿休息吧，比你那宾馆的房间好一点。"

黎景桐又说："你要是觉得我碍事的话，我等下就走。要是你不那么介意的话，我能留在这里吗？"

"……"

"卧室床很大，我睡边上就行了，也不会对前辈有任何逾矩的行为。"

纪承彦犹豫了一下。

他当然清楚黎景桐的为人，他也不是那种时刻要警惕着以防被人拐上床的无知少女。

但这样的相处，他不知道自己该不该默许。

的确，他和黎景桐的关系，按理没必要这么端着，搞得泾渭分明。

以前他有点随便。

但是他现在觉得，不能对黎景桐随便了。

有的人心，是不可轻易亵玩的。

"这样吧，客厅沙发够大，我就在这边待着，不会打扰前辈的，"黎景桐说，"真的没有别的想法。"

纪承彦看了一看，厅和卧房之间隔了一道墙。沙发是挺宽的，够一个人睡，但舒服肯定就谈不上了。

"不用吧，怎么能让你睡沙发，我回去就行了。"

"我只是想多点时间，跟前辈在一个空间里待着而已，"黎景桐道，"这样睡沙发也是开心的。"

夜深人静，纪承彦躺在那著名的"天梦之床"上，却是无比清醒。

因为过于安静，他听得见青年的呼吸声，知道黎景桐也还没睡。

纪承彦突然说："我不是要防着你。"

墙那边立刻有了回应："嗯。"

"我只是觉得，不能把你当那种朋友。"纪承彦一边这么说着，一边觉得无比荒谬，要让黎景桐的粉丝听见，她们不得把他手撕了——他算老几啊，也想高攀黎影帝？配吗？

那边沉默了一阵，而后黎景桐说："我表现得很糟吗？我……难道太小了吗？我……"

"给我闭嘴！"纪承彦咆哮着打断他，"我不是这个意思！"

"……"

"你比那种朋友好很多，"纪承彦道，"或者说，你太好了，不该是那样的。"

"嗯……"

听起来这像是给黎景桐发了一张好人卡。

纪承彦也不知道要怎么措辞，才能准确表达自己微妙的情绪了。

"我觉得，你我不适合那么肤浅的关系。"

"……"

"认真做朋友也比那样肤浅要强吧。"

安静了良久良久，没有再听到声响，纪承彦轻声问："你睡着了吗？"

"不，"青年说，"我睡不着。"

"怎么了吗？"

青年说："我有点开心。"

"……"这有什么好开心的。

"真想过去抱住前辈。"

纪承彦立刻说："你还是乖乖在那儿待着吧。"

相对清闲的一天过去，次日剧本改好了，苦穷剧组又恢复了火烧屁股一样的拍摄进度，大家都忙得要飞起来。

简清晨也回来了，来不及对传说中的黎景桐有所好奇，就被赶去拍落下的戏份。

纪承彦则在另一个棚里拍跟李苏的一场对手戏。

纪承彦出场的时候，还是有那么股不可一世、胜券在握的，病态的冷酷劲儿。

"怎么了，季警官，"他轻佻而闲适地，"又有何贵干？"

"警方发现一具尸体，怀疑和你有关系。"

纪承彦耸耸肩："怎么会和我有关系，我可是良民啊。"

"你不用急着心虚，"李苏道，"说跟你有关系，是因为死者身上的电话里，有你的联络方式。"

"……"

场景切换，冰冷的停尸房内，李苏和另外两个警察严阵以待，纪承彦表情捉摸不定。

李苏问："你认识她吗？"

"……"

冰柜拉开了，纪承彦看见了那个女人的脸。

监视器里，他的脸上先是出现了短暂的空白，仿佛所有感觉和表情都被瞬间抹去了。

"不是的。"

他抹了一把脸，确认自己的知觉似的。

"不可能。"

他又伸手，犹豫地，摸了摸女人失去温度的脸颊。

那触感之冰冷，让他的灵魂也为之冻结了一般，他就那么僵在那里，手足无措似的。

"不会的。"纪承彦说，血色从他脸上完全消失了。

他回想起那时候的大意和心急。童哥让人动手的时候，他甚至没有确认那个目击者的身份。

下着暴雨，打着惊雷，又是晚上。无非是个无意中撞见现场的运气不好的路人罢了，随便处理掉吧，就好像碾死路边的一只蚂蚁。

他最心爱的女人，就在离他不到五十米的地方，在他的默许下，被打死了。

夜色太深，雷声太响，他甚至没有听清她的惨叫。

眼泪从他那冻结了一般的眼里疯涌出来，他的眼神从空洞到癫狂，只用了几秒。

从拒绝相信的狂乱，到失去控制的悲痛，几近崩溃的悔恨。

"为什么？为什么！"

他揪紧头发，双膝着地，额头抵住地面，颤抖地瘫软着，像是再也没有能站起来的力量。

李苏往前走了一步，纪承彦如溺水时抓住浮木一般地，蓦然紧紧抓住李苏的裤脚，令对方不由一惊。

"杀了我吧，"他说，他的声音嘶哑而疯狂，像受伤的狂兽似的，"杀了我，快点。"

李苏惊道："你疯了！"

纪承彦猛地伸手去抢李苏的配枪，一番搏斗，李苏奋力制住他。

他终于动弹不得，而手指仍然保持着陷入对方皮肉的姿势和力度。

李苏一头的汗，厉声道："把他带走！"

排山倒海的激烈情绪混杂在一起，足以使人疯狂。

在被拖出去的时候，他依旧直勾勾地望着那女人的脸。他咬牙切齿地，脸上全是眼泪，没有声音，只有表情。空白的、崩溃的、又足以淹没一切的绝望。

片场鸦雀无声。

"咔！"王文东说，"好好好！完美！"

大家各自收拾，四散开来，工作人员忙碌地过去换布景。

李苏站在那儿，神色复杂。

纪承彦去边上休息，气喘吁吁的，脸上鼻涕眼泪乱成一团，看起来精疲力竭。有人拿瓶水，拧开了给他，又递来毛巾。

纪承彦擦了把脸，又喝了半瓶水，才发现不是工作人员，是黎景桐。

黎景桐蹲在他脚边，仰头看着他，说："前辈演得太好了。"

"是吗？"

"我都要窒息了。"

"……"有人掐他脖子了吗？

"真的，我觉得快受不了，"黎景桐说，"前辈表现出来的感情太强烈。"

黎景桐道："就算知道江临是个十恶不赦的坏人，这也算他的报应，看着还是让人忍不住替他难过。"

"嗯……"

"前辈你这是毁三观的演技啊。"

"……"这到底是褒还是贬啊？

简清晨一阵风一样冲进来。

"纪哥演完了？"

纪承彦道："嗯，这场拍完了。"

"唉……，还是没看到现场。"

"有什么关系。"

简清晨有些沮丧："本来以为赶得上呀。结果我又NG几次，拖了时间。"

"挺快了，你现在比以前好多了。"

以前那不是NG几次，是几十次好吗，现在好歹一场能控制在个位数了。

纪承彦道："你有兴趣的话，等下可以去那边看视频。"

简清晨叹口气："嗯，不过还是想亲眼看纪哥演。现场和隔着屏幕感觉挺不一样的。"

简清晨是个努力的萌新，和他人拍完就收工回酒店的做法不同，他现在只要一有空当，只要是纪承彦的戏份，他都会来看，专心致志地进入观摩模式。

黎景桐转头道："你也这么觉得吗？"

简清晨一开始只顾和纪承彦说话，没留意那个蹲在地下，背对着自己的人。

对方一转过来，把他给吓了一大跳。

简清晨结巴道："黎、黎……"

黎景桐十分和颜悦色了："你也是纪前辈的粉丝吗？"

简清晨显然很紧张，一时也不知如何作答。

纪承彦赶紧打断他："粉什么啊，他就是比较认真好学。"哪有这么强行拉人入粉籍的。

黎景桐点点头，说："跟着纪前辈学是对的。"

"……"能不能别这么吹啊。

然后这两人和谐地一起去看视频了。

简清晨被震撼了："真厉害！"

"是吧？比大哭大闹的演法高级多了。"

"你看吧，这种极致的疯狂，他能处理得游刃有余、层次分明、收放自如。"黎景桐又说，"我就不行，我没这种层次感。"

简清晨琢磨着："层次感……"

"而且他肢体语言不多。用夸张的肢体语言去处理内心情绪，当然也可以，但就是比较低级的表演方式，我以前就是那样的。"

纪承彦快听不下去了。黎景桐一个劲儿踩自己来捧他，就算是脑残粉，实力"纪吹"，这样会不会也太过啊？

简清晨说："我是很多东西都不懂，不过，纪哥的演技，给我的感觉，怎么说呢，就是气息特别温和，不会咄咄逼人的那种。大家都说我烂泥扶不上墙，反正跟别人对戏，我总觉得自己被按在地上摩擦，

什么也演不出来了。但跟纪哥一起，就不会有喘不过气的那种压迫感。他不会压着我，而能引导我。"

"是的，这就是高手的境界了，"黎景桐说，"我推荐你去看看前辈的《雁难回》，超经典。"

"是电影吗？哪里可以看？"

"我有蓝光DVD，"黎景桐说，"但那是不外借的。网上有正版资源，观看体验没那么好，但也将就了。十三年前的片子了，现在看起来还是一点都不过时。"

纪承彦听着两人在那一唱一和，一头黑线。

"行了吧，你们有完没完了？"

感觉像是老粉在带新粉入坑，这是怎么回事啊？

被那两个人雷得受不了，纪承彦只得去了趟洗手间，避开他俩旁若无人的吹捧。

出来的时候，他又见得李苏在角落打电话。

李苏一手拿电话，一手叉腰，仰着头一副高血压的样子，口气里满满的复杂情绪："我真是要疯了！那个纪承彦，他到底什么来头啊？哪来的啊他？"

"……"

纪承彦不由心下纳闷，这回他可完全没惹这大少爷啊。

回到酒店，黎景桐还跟前跟后地处于兴奋状态，在他脚边一直绕圈圈。

纪承彦道："干吗，吃猫薄荷了啊你？"

黎景桐说："能在现场看前辈演戏，真的好开心。"

"这有什么稀奇的……"

"以前看前辈的作品的时候，我就会幻想，如果我能穿过屏幕，站到你面前，"黎景桐道，"光是想象都会激动得发抖呢。"

"……"

青年一副美得冒泡泡的样子："现在终于实现了。这种感觉真好。"

"……"

黎景桐又说："我下一个想实现的梦想是，和前辈对戏。"

"……"

你干脆打个雷把大家都劈死好了。

次日纪承彦又亲自开着剧组的小破车，送他们去机场。

黎景桐从起床开始，就跟被霜打了的茄子似的发蔫，一副生无可恋的样子。

"我觉得飞机应该会延误。"黎景桐说。

然而这回程的航班可准时了，前序航班早早抵达，天气晴朗，万里无云，也没有流量管制。

"我能改签吗？"黎景桐说，"有晚两个小时的航班，可以多跟前辈在一起两个小时。"

"别傻了，"纪承彦无情地催促他，"赶紧走吧，我还得回去干活呢。"

托运好行李，取了登机牌，黎景桐垂头丧气地说："又要过好久

才能见到前辈了。"

"……"纪承彦只得说,"等杀青了就回去了,很快的。"

一边说一边又想,他干吗要这么安慰他啊?又不是他儿子。

上了电梯,在无人的拐角处,黎景桐突然凑过来。

然而纪承彦刚好转头,猝不及防地撞到了一起。

纪承彦:"……"

助理小许在旁边专心致志地研究天花板,似乎眼里除了天花板,什么也看不见。

黎景桐像只意外得了肉骨头的快乐小狗一样,满脸兴高采烈,一直到过了安检,还在用力跟他挥手。

纪承彦看着青年的背影消失在人潮里,而后去开车回程。

脸上还残留着余温的错觉,这让他觉得沉重,和些微的不知所措,以至于他又有点想抽根烟了。

Chapter 9

天生就有破坏

tiansheng jiuyou pohuai

原则的本事

yuanze de benshi

　　纪承彦忙完这一天，深夜回宾馆房间休息的时候，想起袋子里有些黎景桐留给他的东西。

　　打开一看，是厚厚一沓用来分发给工作人员的签名，都签得十分用心，还有张给前台妹子的签名照。

　　虽然当时为了打发他们，他是口头允诺过的。但纪承彦自己忙起来都忘了这些事，想不到黎景桐能细心到这份儿上。

　　下了楼，看见那个前台妹子正在电脑后面百无聊赖地发呆，屏幕的光照着她表情空白的脸，一副昏昏欲睡的样子。纪承彦过去，把黎景桐的签名照递给她。

　　"喏，答应过你的。"

　　前台妹子瞬间清醒过来，双目圆睁道："啊啊啊啊！"

　　照片上面的黎景桐微笑着做了个比心的手势，简直英俊得祸国殃民、不可方物。翻过来还有黎景桐用清秀小楷写的留言和签名："要和我一样支持纪前辈哦！"

　　纪承彦："……"

　　妹子真的快哭了，纪承彦也不知道她是喜极而泣还是被气哭的。

　　"谢谢你！"她热泪盈眶地说，"我会一直支持你们的！"

　　"不客气……"听起来好像有那么点奇怪。

　　回去他给黎景桐留了言："多谢你。连签名都帮我准备了。"

　　黎景桐回道："这是当然的呀，我怎么能让前辈失信于他人。"

　　他自己空有阅历和年纪，做事却竟然不如这年轻人来得仔细。

"辛苦你，还得操心这个。"

黎景桐说："怎么会。能为前辈做的任何一件事，都会让我觉得很开心的。"

"……"

再过了半个月，剧组终于杀青了。

李苏的戏份早两天杀青，便已经先走了，并没有留下来吃这顿杀青宴，余下的众人聚在一起，热热闹闹地去了个火锅店，把二楼包了下来。

席间谈笑风生、觥筹交错，酒喝了不少，大伙都有点醉了。

组里多是年轻人，容易热血和交心的年纪，这快两个月时间拍下来，朝夕相处，打打闹闹，留下很多趣闻和笑料，彼此还是颇有感情的。

想到这一晚之后，便要各奔东西，江湖之大，难以再见，不免伤感，有多愁善感的女生还呜呜哭了起来。

王文东也喝多了，醉醺醺地拉着一群人干杯，拍照，脸被杀青蛋糕糊得跟个圣诞老人似的。

"喝！"他大义凛然地说道。

他一把搂住纪承彦，蹭得纪承彦满脸奶油。

"哥，我算是明白了，能自个儿做主的感觉，真痛快！"

这网络电影是王文东和编剧制片，几个好朋友凑了钱，一咬牙一闭眼投资拍的。点头哈腰、摸爬滚打了这么久，第一次，总算能照着自己的心意和想法拍个自己想拍的东西，不被投资方指手画脚，束手束

脚，看得出来他非常开心。这圈子里，谁要实现自己入行时的梦想，都是大不易。

把醉得东倒西歪的王文东拖到边上安顿好，纪承彦洗完脸，在台阶上坐下，给自己开了瓶水。

简清晨拿着瓶啤酒过来，和他并肩坐着。

纪承彦问："这段时间觉得怎么样？辛苦吧？"

简清晨不好意思地笑了笑："嗯，比预想得要辛苦，不过也很有意思。"

"有意思吗？"纪承彦揶揄他，"不是天天挨骂吗？"

"嗯……"简清晨道，"一开始也觉得难受，动不动被骂得狗血淋头，其实挺伤自尊心的。我那时候想着自己既然没天赋，那干脆演完这个就算了，还是去当我的建筑师比较好。"

他接着道："但怎么说呢，这就像吃臭豆腐一样，第一口受不了，慢慢地就觉得很特别，无可替代，有点上瘾，最后就喜欢上了那种感觉。"

"……"这比喻还挺新奇。

"而且，这段时间里，我从大家身上学到很多东西，有时候真的很震撼。"

纪承彦问："以后还会想演戏吗？"

"想啊，我想有一天能演得像纪哥你一样好。"

纪承彦："……"

"我昨晚去看了《雁难回》，"简清晨说，"一口气看了四遍，看到天亮，每一遍都忍不住要哭。南回一个人骑着马返乡的时候，我难受得都喘不过气了。"

"……"

"你太棒了，纪哥，我没法形容那种感觉，你演的角色好像会活在人心里。"

"……"

"真的，我想成为一个像你这样的人。"

也太抬举我了吧，像我这样有什么好的。这谜一样的粉丝滤镜别是被黎景桐传染的吧。

简清晨喝了口酒，安静了一会儿，突然说："那时候，我演不出来的时候，纪哥你让我想象一个人，我打心里气他、恨他，但对他又无能为力。"

"嗯？"

"我想的那个人，是我爸。"

"……"

简清晨捏着酒瓶，犹豫了一阵，像是终究无法倾吐一般，于是又沉默了，纪承彦安慰地拍拍少年的肩，没有多问。

每个人都有难以愈合的伤疤，即使偶尔鼓起勇气伸手触及，碰触时的疼痛也会让人无法真的狠心揭开。

他自己也一样。

回到T城，纪承彦约了志哥一伙人出来吃饭，一走进包厢，大家都看着他。

纪承彦道："怎么了？"

"你是老纪本人吗？"

"你换头了？"

"……"纪承彦说，"我就是换了个发型。"

"不对，你怎么瘦了这么多?！是不是吃减肥药了？"

"抽脂？"

"瘦脸针？"

"……"纪承彦说，"瘦了很多吗？是剧组的盒饭实在太难吃了吧。"

志哥说："老实说吧，这里也没外人，你是不是整容了？"

纪承彦道："瞧你们说的！第一天认识我啊，我能是那种人吗?！我像是那么有闲钱的人吗?！"

浩呆说："老纪，你现在这样，可是不行的，没法加入我们的团队啊。"

纪承彦问："怎么，你们排挤帅的吗？难道团队容不下帅哥吗？"

"当然啊。"

"这就不对了啊，"纪承彦严肃道，"要排挤帅的，那志哥不就第一个要被排挤出我们团队了？"

志哥很满意："可以可以，这个意见我虚心接受。"

点了个鸳鸯锅，叫了一桌子菜和一箱啤酒，大家热热闹闹地涮东西吃，肉眼、肥牛、手切羊肉、玫瑰牛舌、千层毛肚、香草鸡片，涮得满室飘香，纪承彦则慢条斯理地在清汤那边捞他的白萝卜。

"戏都拍完了，你还节食？"

纪承彦一本正经道："不，我是想结账的时候少掏点。"

"肉可以不吃，酒还是要喝的。"志哥说，"我以后，跟阿柠，应该要换地方了。"

纪承彦停住捞萝卜的手。

志哥道："节目估计是没有下一季了。"

纪承彦迅速观察了一下桌上众人的表情，有的惊愕、有的了然、有的若有所思。

"阿柠前两天和他们大吵了一架，"志哥轻描淡写道，"反正合约也到期了。"

"……"

这个节目，团队上下其实都很用心，品质也在线。

然而这几年红透半边天的是选秀类节目，他们相比之下成绩并不耀眼，台里便不是很重视，资源都给大红的那两档选秀节目了，对这档元老节目，就有点食之无味弃之可惜的意思。

预算难批，摄影棚也要让路，连道具师都先赶别人要的道具，定好的棚临时被抢走，副导演突然被叫去帮别的节目赶工，这些都算是常态。

还时不时夹杂着来自上面的，莫名其妙的指手画脚，脑洞大开地指点江山。

因而纪承彦真心佩服的制作人罗柠，能忍、会争、善周旋、有涵养、识谋略，常年双商在线，才能把这节目年复一年地做下来。

然而对上面那些人来讲，这节目的长寿，似乎不是团队的功劳，而是要谢谢他们的不砍之恩。

浩呆问："柠哥真的要走了吗？"

上一季结束之后，下一季的合作迟迟没定下来，大家多少也能嗅

到一丝异样的气息，但对此还是相当意外。

有人说："是啊，都这么多年了。"

真的很多年了，纪承彦还没进这节目的时候，它就已经做了好一阵，而黎景桐首次参与的那一期，是十周年纪念特辑。

人对于长期相处的东西，都是会滋生感情的，时间和习惯会积累这一切。就算有诸多不满和摩擦，要斩断一份十年的合作，那也是血淋淋的。

志哥推一推眼镜，道："就是因为已经这么多年了。"

志哥说得平淡，猜不出他心里的波涛汹涌。

桌上一时陷入了沉默，只有锅里沸腾的汤汁发出"噗噜噗噜"的轻微声响。

半晌，纪承彦先开口："志哥，无论你和柠哥到哪儿，只要用得着我，我都会跟着你们的。"

他把杯里的水换成酒："来，干一杯。"

吃完饭出来，大家各自告辞，临别时嘴里说着些"此处不留爷""留得青山在""树挪死，人挪活"的豪言壮语，却都有些醉醺醺的忧愁。

纪承彦没有立刻回家，他上了商场的天台，背靠着栏杆，从口袋里摸出根烟来，干巴巴叼在嘴里。

烟瘾时常会犯，所以他身上还是会揣着包烟，只是不带打火机。

栏杆上是他渺小的身影，他头顶是仿佛离得很近的璀璨星空，身后是这城市似乎触手可及的纸醉金迷。

与相识于微时的老东家翻脸，中止一场持续了多年的合作，这和结束一段感情、跟长跑多年的恋人分手，其实是一样的。

本以为会是你，本以为会到最后，然而并没有。

连这样的扶持、陪伴，都没能有结果，那这世上还有什么东西是可以长久的？还有什么坚持是有意义的？

他无法遏止地想起一些往事，在令人脆弱的怔忪醉意里，在寂静无人的黑夜里。

回忆如一头能吞噬天地的怪兽，挣破了封印，在蠢蠢欲动。

他开始呼吸困难。

手机在口袋里振动了。

纪承彦勉强伸手将它掏出来。

黎景桐发来的消息："前辈，我好想你啊。"然后是一只趴地流泪的柴犬表情。

"……"

话是这么讲，那几天都不发消息是几个意思？

"可算有网络了，"黎景桐说，"这几天在山里取景，完全没信号！"

"……"

柴犬泪流满面："不能和前辈说话，感觉快要死掉了。"

"……"

"对了，恭喜前辈杀青！这几天休息得好吗？"

"还不错。"纪承彦回复。未等他打更多的字，青年又运指如飞地发消息过来："前辈我先下车了，要工作一下，等会儿聊。"

"嗯，拍夜戏呢？"

"是的，有点晚了，前辈要去睡的时候，请留言给我吧。"

等黎景桐的时间里，纪承彦竟有了些百无聊赖的空虚。

大概因为实在太无聊的缘故，那种黑暗的窒息感褪去了，他开始刷微博、刷知乎、刷天涯，看起了黎景桐相关的八卦帖子。

纪承彦津津有味地看完了好几个热帖，被那些所谓知情人爆料的脑洞逗得笑出声，烟都掉地上了，然后他又看到黎景桐的微信消息欢快地从上面跳出来。

"前辈睡了吗？"

"还没呢。"

"最近还忙吗？"

"一点都不。"

微信上面的状态显示为"对方正在输入"，但过了很久黎景桐都没消息过来。

纪承彦盯着聊天界面等了一会儿，终于见得又跳出新的消息，他定睛一看。

"前辈，你如果有时间的话，愿意来探班吗？"

"……"

青年马上又说："可能有点无聊啦。不过这个季节这边海鲜很多。"

"……"纪承彦说，"也可以吧。你们剧组拍这么个大制作，我过阵子要是去看看热闹，还能要点签名照什么的。"

"真的吗？"青年立刻回复，"那前辈你打算什么时间来？"

"都行吧，最近没什么工作，到时候看你方便。"

安静了一会儿，纪承彦正想着他是不是又去忙了，突然手机振了一下，收到条短信通知。

"XX航空，从T城到H城，MUXXXX，起飞时间XXXX，旅客纪承彦，票号……"

纪承彦："……"

这手脚会不会太快了啊。

"前辈你看这个时间合适吗? 不合适的话我再改, 觉得不好我也可以退。"

"合适……不改了吧。"

没事干吗改签浪费钱。

他原本其实有点摇摆不定, 现在票都买好了, 也没得想东想西了。

到这日, 纪承彦简单背个塞了几件换洗衣服的旅行包, 溜溜达达去办理登机手续的时候, 才发现黎景桐给他订的是头等舱。

"……"

纪承彦一瞬间心都要碎成渣了。

这是什么姿势的败家啊?! 国内航班, 也就两小时的航程, 淡季折扣多得是, 某旅行网上三折票大把, 还能送点酒店抵用券, 这还买个什么头等舱啊?

上一次他去横店拍那个 "啊" 一声就死的配角戏, 是坐高铁到义乌, 然后再转大巴去的, 统共也就花了几百块。

纪承彦心如刀割地过了头等舱专用安检通道, 在头等舱休息室里强忍悲痛地把那些摆着的自助餐点一通狠吃, 还吃了碗米线, 硬是吃到登机。

之前的节食都白节了, 想想就悲伤, 但毕竟不想浪费黎景桐出的大笔机票钱。

结果上了飞机, 没多一会儿, 空姐又拿了个餐牌来给他点。

"……"

烤鸡胸肉、凉拌木耳、煎封龙利鱼配米饭, 还有汤和甜点。吃完

纪承彦已经撑得快要神志不清。

他都想不起来自己干吗非得这么跟自己的胃较劲了。

降落以后，纪承彦拖着吃撑了的沉重步伐出了通道，一眼就看见在大厅里等着的青年。

再怎么低调的打扮，再怎么安静地站在那里，也是鹤立鸡群般显眼的存在。

一见得他，青年就从静如处子瞬间变得动如脱兔。

"前辈！"青年用力挥动高举的双手，就差没跳起来了，"我在这里！这里！"

"……"

"你还自己来接啊，"纪承彦觉得这也太大费周章了，不由埋怨，"这么远的路，车开过来还开回去，得多折腾？我自己叫个车不就行了。"

从这机场到影视城，得开上两个小时。

"有什么关系，"青年兴高采烈地说，"我想早点见到前辈啊。"

"那也不差这么一会儿吧……"

"当然差啊！"

"……"

开车的是目不斜视的十佳助理小许。

纪承彦在后排坐着，想起机票的事，又忍不住跟身边的青年抱怨。

"干吗买头等舱？我看过了，最便宜的才六百多块，头等舱多少钱? 价格差太多了吧, 谁的钱也不是大风刮来的, 你就这么糟蹋? "

黎景桐被劈头盖脸训了一通, 嗫嚅道: "哎? 不差这么点吧。"

"当然差啊! "

"……"黎景桐小心翼翼道, "前辈能来看我, 我当然想你在路途中舒适一点, 怎么能让你辛苦。而且我是觉得这家航空公司的餐食比较好一些。"

"飞机上一顿饭而已, 不用计较吧。"

黎景桐犹豫了一下: "但是, 我记得, 我听过前辈抱怨飞机餐难吃的。"

"……"

好吧, 他的确就是连飞机餐都要斤斤计较的人, 有次还在节目上吟诗一首, 吐槽某航空的汉堡难吃的程度。

"你当时还作了一首诗呢。"

"……"

这家伙是不是太闲了, 影帝不是该有一大堆工作要操心嘛, 老记得他这些小破事干吗。

心烦哦。

剧组给黎景桐安排的酒店很不错, 黎景桐又多半会帮他订在同一家, 对此纪承彦心里有数。

但入住时发现是个总统套房, 他还是觉得有必要教育一下这个年轻人。

"我一个人住, 你弄个这么大的套房干什么? "

"嗯?"黎景桐立刻瞪大眼睛看他,小狗狗一般地说,"前辈是……要我陪着你吗?"

纪承彦道:"我不是这个意思……"

黎景桐一脸失落:"哦……"

落寞个什么劲儿啊,想什么呢!

"大床房就够好了,干吗浪费钱。"

"啊?"黎景桐茫然道,"可是这个又不贵。"

"……"

"再说,怎么能叫浪费呢,一分钱一分货,贵一点的房间肯定比较好的不是吗?"

"性价比,性价比你明白吗?"纪承彦语重心长,"一分钱是一分货,但五分钱只有两分货。"

黎景桐一脸空白:"哦……"

"这么说吧。钱这东西,为自己,那怎么花都行;为别人,那就没必要付出得太多。"

"……"

"太过的话,日后想起来,你会后悔自己那些多余的投入的,"过来人纪承彦拍着他的肩,"穷过,你就知道了。"

黎景桐沉思了一阵,诚恳道:"可是……前辈,我没穷过啊。"

"……"

黎景桐又小心翼翼地解释:"以后应该也不会穷……"

"……"

他不想跟这种豪门子弟说话了!

黎景桐今天一天都没有排戏份,专门用来迎接偶像大驾光临。

在酒店略作休息,晚饭时间,两人便去了当地口碑很好的海鲜大排档。

吃海鲜还是大排档最惬意。夕阳西下,海风徐来,数盘鱼蟹,几杯小酒,新鲜热腾,悠闲自在,快乐满足莫过于此。

然而进了店里,两人却意外地看到冰鲜台子上并没有太多海鲜可选择。

服务生过来准备让他们点餐,黎景桐问:"就这些品种吗? "

"不好意思先生,这段时间是禁渔期……"

"呃! "

"今年的禁渔期比往年提早了一个月。野生海鲜不能卖了,很多品种都补不到货,只有养殖的,和一些冰冻库存,"服务生解释,"贝壳类还是挺多的,您看看这些花螺、蛏子……"

黎景桐不说话了。

纪承彦见他变了脸色,便对服务生说:"你先去忙吧,我们自己看看,选好了再叫你来。"

"好的。"

服务生退开了,剩下两人在那儿面面相觑地站着。青年面容紧绷,脸色苍白,一时竟像是有点不敢和纪承彦对视一般,只垂下目光望着那些一张一合、生无可恋的蛤蜊。

纪承彦第一次看到他慌了的样子。青年咬着嘴唇,一言不发,憋着一般,脸色又慢慢地从白转红。

"对不起,前辈,是我疏忽了。"

"啊？"

"我完全忘了有禁渔期这件事，"青年站得笔直，双手贴住腿侧，低头说，"其实只要事先和当地朋友打听一下，就能知道的。真的是我大意了，对不起！前辈你要怎么气我都行。"

青年一副罪大恶极、恨不得剖腹自尽的样子，纪承彦顿时哭笑不得。

"这又没关系。野生海鲜没有就没有嘛，多大事儿，我还能为这个怪你啊？"

他难道是饕餮吗？吃不上海鲜就要把这家伙生吃了？

"我知道前辈不会真的跟我计较，但是，我让你失望了，"青年感觉有点难过又不知所措，"对不起，前辈是为了吃海鲜来的，结果变成这样。"

"……"纪承彦只得说，"真的没事啦。这不还有点养殖的嘛，冰冻的也可以啊。"

他在这家伙心中的吃货形象还有救吗？作为一个有内在、有深度的人，他能有点比吃更高尚的追求不？

青年还在沮丧的泥潭里不能自拔："如果事先知道是禁渔期，前辈就不会千里迢迢地抽时间过来。是我让前辈白跑这一趟了……"

"也不全是为了海鲜，"纪承彦说，"就算知道是禁渔期，我还是会来的。"

"……"

青年猛然抬起头来，看着他。

那眼里就像是将熄的余烬，冷不防飞进去一点火星，于是腾地蹿起一簇火苗来。

"真的吗？"

"……"

青年望着他，两眼闪闪发光地噼里啪啦地在燃烧。比起刚才的死气沉沉、灯尽油枯，现在整个人都快跟个小太阳一样了。

小太阳热度逼人地问："真的吗，前辈？"

纪承彦在那雀跃的闪亮的目光里，突然有了些不自在，他咳了一声，看向别处，道："我来看徐婉茹女神啊，还要帮志哥拿女神的签名呢，不然回去他得砍死我。"

徐婉茹是这部剧里和黎景桐演对手戏的女主角。

黎景桐依旧在那里开心不已："好的好的，包在我身上。"

稀罕点儿的海味是没得吃了，但家常生鲜还是有的。

两人要了店外凉爽的位置，白灼对虾、清蒸鲈鱼、蒜蓉牡蛎、葱油薄壳、爆炒蛤蜊、酒煮花螺、红烧蛏子、凉拌墨鱼，也摆了一桌。

纪承彦坚持不让点贵价货，这些就很新鲜肥美，伴着初夏的海风和冰啤酒，能洗去一天的疲倦燥热。

本来是不该再喝酒了。那天和志哥他们相聚实乃不能不破戒，那么接下来就该好好收敛，夹起尾巴节食。

结果今天白天胡吃海塞了一路，晚上不仅没少吃，居然还喝上了。

想想就气，也只能怪黎景桐。

谁让黎景桐在夕阳之下，坐在他对面，举着酒瓶轻斟慢饮的样子，几乎就像支啤酒广告。

低头是杯口满溢出来的细白泡沫,抬眼是年轻英俊的明朗面容,背后是傍晚明丽的蓝色天空,画面柔和温暖又欢快。

青年举杯,对他那么弯眼一笑,充满了煽动性,让人觉得也需要一些清凉来驱逐那些不安的灼热似的,简直无法不为之所动。

纪承彦盯着杯子,心想,算了,反正都破例了,也不差这么点。

对着黎景桐,他的原则崩坏也不是一次两次了,可能有的人天生就有破坏原则的本事。

待得他们吃过晚饭,助理小许又准时冒出来,开车载他们回程。

黎景桐临时接了个电话,要去跟导演碰个面,就让小许先送纪承彦回酒店。

路上小许还特意绕去买了各色水果和饮品,满当当地塞在后备厢里,搞得跟要过年一样。

纪承彦问:"这不会是给我的吧?"

小许说:"是的,桐哥吩咐的,让我先给你准备点。"

纪承彦全身不自在:"这我也吃不完呀。哈,那什么,朋友来探个班而已嘛,他干吗这么客气。"

"桐哥怕你万一有需要,临时买不着,酒店边上没便利店。你在这儿,要是过得有什么不愉快不舒心,桐哥会一整天都心神不宁的。"

小许说得自然而然、一本正经、十分诚挚,仿佛这完全没什么不对。

在小许眼里他俩到底是什么关系,纪承彦已经没法解释,也没法想了。他只得双手往脑后一枕,朝后一靠,闭上眼睛逃避现实去了。

帮他把东西搬回酒店房间,进了门,小许说:"哇,这么大,还带书房!"

"黎景桐那里没书房吗?"

"没呢,"小许道,"纪哥你这儿好多了,桐哥那儿就是普通的房间。"

"是吗?"

"桐哥的酒店是剧组给定的,太高级会被人说耍大牌,桐哥人又随和,没什么特别要求,大床房就行了,"小许笑嘻嘻地说,"你的房间,是桐哥亲自订的,当然不一样喽。"

"……"

送走小许,纪承彦坐下来,打开电视,冷不防就是黎景桐的脸,他没心理准备,赶紧转台,又见黎景桐在那儿回眸一笑。

"……"

这家伙的广告代言会不会接得有点多了啊。

正漫无目的地转着台,突然收到黎景桐的消息。

"前辈睡了吗?"

"还没。"

"前辈还没打算睡的话,我可以在你那里看会儿剧本吗?"

"啊?"

青年坦诚地说:"我很想在前辈身边待着,但又需要为明天的工作准备一下。可以去吗? 我不会打扰你的。"

他这么直率,也免去了纪承彦惺惺作态的必要了。

"当然可以。"

很快门铃就响了,纪承彦打开门,便见得青年笑容可掬地抱着剧本站在门口。

"什么事这么开心？"

青年很是灿烂："想到要见前辈，就很开心呀。"

"……"

房内配有跑步机，黎景桐坐在边上看剧本的时候，为免尴尬，纪承彦便踏上机器，打算跑个半小时。

他边跑边偷眼看黎景桐，只见青年对着剧本，研究得还挺投入，时而表情凝重，眉头深锁，时而面露微笑，眉眼舒展。

"……"

他原本难免猜测黎景桐是不是有点什么心思，结果这青年还真的就是来蹭他的房间看剧本的。

待他跑完步，黎景桐还在那认真地皱着眉琢磨。

纪承彦边拿毛巾擦汗，边问："怎么了？背不下来台词？"

"倒不是，导演刚找我说了会儿戏，他觉得我的感情戏还是需要再酝酿，"黎景桐道，"的确我这方面把握得不好。"

虽说拿了影帝，黎景桐的演技也不是完全无可指摘的。感情戏算是他演技上最薄弱的部分，毕竟这家伙没正儿八经地谈过恋爱。他也不能老演霸道总裁玛丽苏，一腔热情全靠吼，吼完不够接着搂。还是得提升点层次。

"前辈要帮我对台词吗？"

"好啊。"

纪承彦接过剧本，看了看。

黎景桐沉下表情，痛心道："你是真的，要离开我吗？"

"暮哥哥……"纪承彦瞬间被雷得七荤八素，差点把剧本扔出去，"什么玩意儿啊这是！"

台词雷了点肉麻了点，也是没办法，这本来就是柔弱可人的女主的戏份啊。

纪承彦定定神，又看了一遍剧本。

"暮哥哥，"纪承彦压抑住心底的万千咆哮，敬业地淡淡道，"不是我要走，是我已经不能留了。"

黎景桐温柔道："我知道你心里还有宁师兄，但那没关系。"

"我师父把你们害成那样，也没关系吗？"

黎景桐望着他，似是有些伤感，喃喃地："只要是你，就没关系。"

萧怀暮这角色真是圣父和倒霉鬼的混合体。剧情走到这份上，女主一路把他坑得事业、朋友都没了，他跟这种天煞孤星还能谈什么恋爱啊，赶紧分分分，不分不是人啊！偏偏还一副死心塌地、无怨无悔的模样，这是吃什么长大的啊？！能傻成这样！

现在小女生都喜欢这种情比海深、心比天大、被坑了多少次也不长记性的设定。问题是，这样的男人脑子确定好使吗？

纪承彦一边在心中疯狂吐槽剧本，一边低声念道："暮哥哥，你为什么要对我这么好？"

为什么？因为你是女主啊！编剧这么写的，不然还能咋样？！不是女主的话你这样的第一集就被人打死了好吧。

"因为你在我心中，胜过所有的一切。"

此处女主应该是要感动感伤得啜泣了，但纪承彦实在啜泣不出来，他只能按捺住满腔的洪荒之力，叹了口气，说："我们还能回得去吗？"

回啥回啊，都这样了，还有脸回哪儿去！麻溜儿地走远点儿吧你！

黎景桐怜惜道："回得去的。"

纪承彦心里澎湃的弹幕就没停过，这台词让他很想翻个总结性的白眼。

然而青年直视着他，深情而坚定地，他一时竟把那白眼硬生生忍下去了。

青年的眼睛明亮又温暖，那眼中似有星月，又如深潭，就好像全世界的爱意都盛于那眼眸之中。

纪承彦冷静地回想了一下台词："我不能拖累你。"

"我不介意让你拖累。"

女主的台词还在那儿鬼打墙："暮哥哥，这样对你不公平。"

纪承彦只能想，幸好他这姿色也演不上偶像剧了，不然他真会想把剧本撕巴撕巴吃了。

两人藕断丝连、欲迎还拒了一番，台词终于念到女主坚定地表示要走，纪承彦觉得可算得救了。

还没等他那口气松完，黎景桐突然把他按在沙发上。

纪承彦："……"

好嘛，剧本是按在树上，这里没有树。

青年居高临下地，近距离盯着他，他能感受得到青年温暖的呼吸，和胸腔里的跳动。

"这眼神不对，"纪承彦冷静地说，"你这是痴汉。"

"……"

"这里的眼神该是爱恨交织、无可奈何。"

青年轻轻"嗯"了一声，继续凝望着他。

纪承彦也不清楚这家伙到底有没有在用心调整和酝酿眼神，反正对视了半天，看起来实在是没任何改善可言。

纪承彦说："你还是回头再练练吧，这个情绪实在……"

他这教导没能说完，青年冷不防低下头来。

纪承彦大脑里有那么一瞬的空白，他把这归咎于他自己的猝不及防。

他听到猛烈心跳的声音，要跃出胸腔一般，在混乱地震动他的耳膜，以至于他有点不确定那是谁的。

然后他感觉到了青年的温度。

纪承彦若遭电击一般，蓦然推开对方。他用力之猛，青年热情之余没有防备，从沙发上翻摔在地。

两人对视着，青年还有些恍惚，纪承彦已经沉下脸，说："你这样演，是要被投诉的。"

青年回不过神来一般，坐在那儿，瞪大眼睛，显出些不知所措来。

纪承彦从沙发上起来，颇为威严："自己回去好好揣摩揣摩该怎么演，我要睡了。"

青年立刻紧张地站起身来："前辈生气了吗？"

"哈？"纪承彦说："对你的演技吗？谈不上生气，就是你得多琢磨，你的情绪至少得有两个层次。"

青年沉默了半天，道："明白了，我会加油的。"

"敬业点，要专心，别总想些有的没的，"纪承彦道，"演好了记得跟人说，你师承纪承彦。"

然后他就把门当着青年的面关上了。

Chapter 10

被你圈粉
bei ni quanfen

车舟劳顿,奔波了一天,还喝了酒,时候也不早了,是时候关灯睡大觉。

纪承彦躺在那柔软舒适得犹如云朵一般,能让人全身心都陷进去的床上,却神志清明,毫无睡意。

这酒白喝了啊,莫非是假酒啊。

手机"叮咚"一声,是微信的提醒音,他以为是黎景桐,忙翻开一看,却是志哥。

"去探黎景桐的班了吧?探得怎么样了呀?"

"吃了个饭,明天才去片场看热闹呢。"

"甜蜜不?"然后是一波脸红红的表情包。

"……"

志哥很多年不跟他开这种玩笑了。

志哥看着他过来的,知根知底,哪些事能提,哪些不能提,心里都有数。

纪承彦回复道:"说吧,你今晚到底喝了几斤?"

"嘿,才两瓶红的能算喝吗?"酒鬼志哥喝多了就特别放肆,还发了个特别娇媚的表情。"我不信你真的就只是去探班那么单纯。"

"哈?我这么正经,除了探班我还能干吗?"

"别说你没邪念。"

纪承彦立刻指天发誓:"我没有!"

"太绝了吧。"

纪承彦道："自己能解决的事，为什么要麻烦别人？"

"哟……这自力更生，可以的。得让浩呆跟你学学。"

纪承彦无奈地问："大半夜了不睡，还在闹什么呢？"

"浩呆失恋了，在陪他喝酒呢。"

"又分手了？"

浩呆有个谈了一年多的女朋友，从粉丝晋级上来的，也算是一段浪漫佳话。

"是啊，昨天还在商量着出去旅游的事呢，浓情蜜意的，今天就说分手了。"

"呃……知道是为什么吗？"

"鸡毛蒜皮的事。她嫌浩呆脚臭，然后说着说着就吵开了，各种翻旧账，然后她就说：'到这地步，也没有继续下去的必要了。'当即就搬走了。"

"……"

志哥说："因为这个分手，多么荒唐！"

"冰冻三尺，非一日之寒，反正就是个导火索。"

"这我们也知道，"志哥开了视频通话，"不过你看看。"

迎面而来就是浩呆痛哭流涕的一张脸。

纪承彦："……"

浩呆抓着酒瓶，坐在地上，哭得站不起来："因为脚臭分手了！"

"……"

浩呆号啕大哭："我再也不相信爱情了，我再也没法爱上别人了！"

浩呆真的很悲痛，但这场景要是出现在屏幕上，观众还是会被

逗乐。

　　毕竟悲伤都只是自己一个人的悲伤。

　　陪喝的志哥不禁唏嘘："也太惨了，至于吗？"

　　纪承彦说："失恋都是这么惨的。"

　　"唉，好歹在一起那段时间还是很甜蜜的，现在怎么打电话，他女朋友都不接。女人真狠心。"

　　纪承彦笑了："铁了心要甩掉别人的时候，都是狠心的，男女都一样。"

　　"浩呆也是傻，明知道挽留也没用，再怎么打都不接，还在拼命打电话。"

　　纪承彦沉默了一下："道理他何尝不懂得啊。但人在痛的时候，都会想本能地找一点止痛的方式。他无非是在向她乞讨一点止痛药罢了。"

　　"大丈夫何患无妻啊，何必这么没自尊呢。"

　　"痛到发狂的时候，谁还讲理智、讲自尊啊，"纪承彦说，"所以人没事谈什么恋爱，自己过日子多好。除非能走到白首，不然一段感情在结束的时候都跟万箭穿心一样，闲得无聊才要去受那种罪。"

　　"但谈恋爱的时候都是冲着白首去的啊。"

　　"话是这么说，但人心谁说得清。浩呆谈过这么多任了，哪次不认真，哪次有好结果。"

　　镜头那端，浩呆已经哭倒在桌子上了。

　　志哥举着手机说："来来，浩呆，别哭了，你纪哥来跟你说两句。"

　　"浩呆，人生很长，爱情很短，别太执着了。爱情是会辜负你的，把时间、金钱、精力用到不会辜负你的地方去吧。"纪承彦语重心长，"比如花钱好好吃喝，脂肪一定会实实在在回报你的。"

"……"

瞎扯一番，讲了堆"以后还有更好的等着你"之类的套话安慰完浩呆，纪承彦关了手机，打算继续睡觉。

然而他比之前更清醒了。

他想起了很多很多事，走马灯一样在眼前一幅幅回放。

有时候他也挺气黎景桐的。

就算他古井一般久无波澜、死气沉沉，那也是一种自得其乐的平静。何必坚持扰乱呢？

年轻顺当如黎景桐，空有一腔热情，气盛而已，真的想过扰乱的后果吗？能对此负责吗？

一夜无眠，心浮气躁。次日见到黎景桐的时候，纪承彦就不免怒目而视。

黎景桐原本坐在那里看剧本，见了他，忙即时站起身来道："前辈！"

"……"

见他面色不善，黎景桐立刻说："前辈不要生气！"

"……"

"我有好好练，真的！"

"……"纪承彦威严地清了下嗓子，"好，期待你的表现。"

黎景桐顿时乖巧，特别精神地回答："我会努力的！"

黎景桐专心去准备了，现场忙碌起来，工作人员到处乱窜，纪承彦站在那儿，被抱着衣服行色匆匆的助理们撞了两下，招来几个白眼。

知道自己碍了事，纪承彦赶紧找个不给别人添乱的地方静静待着，远远看热闹。

在片场的黎景桐是另外一个人。

褪去脑残粉的那种战战兢兢，天真无害，在面对他人的时候，黎景桐像陡然年长成熟了数岁一般，整个人是冷静又安静的。

纪承彦看着一群人在那儿卑躬屈膝地围着黎景桐团团转，看着黎景桐和人神色严肃地交谈，面无表情地倾听，不苟言笑地比画，偶尔皱着眉点一点头。

纪承彦突然意识到，黎景桐确实是站在这个圈子顶端的男人。他真的完全可以冷漠，可以不耐烦，可以心不在焉。

只是他没把这些情绪用在他身上过。

灯光、道具、摄像就位，而后黎景桐出场了。

原先休息的时候，黎景桐戴着古装头套，穿个T恤，看起来还有点谜之喜感。现在换好衣服，妆发完毕，一露面，纪承彦都被震了一下。

他顿时觉得自己对黎景桐严苛了。

人都长成这样了，还需要什么演技啊？

那张脸就不用说了，剑眉星目，面容如玉，黎景桐的身材也是完全撑得起古装服饰的，无论前后侧身，举手投足，都玉树临风，气势逼人。

有这副皮囊，光站在那里不动都够让粉丝舔半天屏了。

然而黎景桐不仅不能站着不动，还得在空中吊威亚。

纪承彦看着他被高高吊在半空,利落地后翻,花式回旋,动作固然行云流水,一气呵成,旁观者还是不由自主地捏了把汗。

看了半天,纪承彦还是有点意外的,毕竟黎景桐这样的小生,不用武替就已经十分敬业了,身手居然还挺不赖,目测颇有功底。

黎景桐一身劲装,打斗潇洒自如之余,显得格外修长挺拔,肩宽背阔,腰窄腿长。

吃瓜群众纪承彦看着看着,不由得就在心里犯嘀咕了。

之前他怎么没发觉这家伙身材有这么好?

是因为距离太近所以反而没法洞悉全局?还是之前压根儿没心思观察?

纪承彦不知不觉越想越远,越想越跑偏,越想越不明所以,而后他听得女主说:"暮哥哥。"

纪承彦回过神来,黎景桐已经大杀四方,救下女主,开始肉麻的对手戏了。

"我知道你心里还有宁师兄,但那没关系。"

"……"

"只要是你,就没关系。"

纪承彦只能说,黎景桐这副模样,认真演起来,再雷的剧情居然也不显得雷了。

"我不介意让你拖累。"

这些假大空的情话台词,从他嘴里说出来,配上他的脸,他的表情,满满地都是说服力。

镜头特写黎景桐的眼睛,纪承彦又被震了一下。监视器里青年的眼神,深邃似海,既爱又怜,既痛且怨,似乎这世上所有的爱而不能,

求而不得，都在他那双眼睛里。

"好好，"导演喊咔，"这回情绪很到位。"

这场演完，下来休息，俩助理赶紧一拥而上，去给黎景桐揉肩按腰，黎景桐这才放松地显出点龇牙咧嘴的表情来。镜头前看似演得一派轻松，来去自如，纪承彦也知道，实际上吊着做这么半天动作，甚是遭罪，肩肋腰胯，无一不痛。

本着不添乱的原则，即使觉察得到青年在人群里搜索他的眼光，纪承彦还是没过去，只掏出手机给他发了个消息。

"演得挺好的。"

对方立刻回复："是吗！"还配上个星星眼的柴犬表情。

"嗯，你还挺认真琢磨了。"

"只要是前辈希望我达成的事，我都会尽量去做的。"

纪承彦有些愉悦，又有些不自在，更为自己的那点愉悦而觉得不应该。

为了挥去这种莫名的纠结，他故意说："啥？只是尽量而已？偶像的要求，不全都做到，还敢说是脑残粉？"

"只能尽量吧，毕竟我能力有限。"

"……"回答得这么实在，纪承彦傲娇失败，脸上有那么点僵。

对方又回："比如，前辈不希望我打扰你，但这点我就真的做不到啊。"

"……"

拍完几场戏，大家忙着收拾东西，派盒饭，黎景桐靠在椅子上，对着打开的饭盒，面有疲色。

纪承彦过去。见了他，黎景桐来了精神，挺兴奋地说："前辈，我帮你多拿了一份盒饭！"

"……"

大家都看着他，纪承彦在众目睽睽之下硬着头皮接过便当。

监制正好过来，见状打趣道："景桐还替人领盒饭呢，爱心盒饭啊？"

黎景桐笑道："李老师。"

路人甲纪承彦也跟着礼貌地打了招呼。

结果黎景桐还特意介绍道："这是纪承彦，我偶像。"

"……"

众人用生吞了鸡蛋的表情看着他。

纪承彦："他开玩笑的……"

监制倒是笑道："经常听景桐提起你啊，这粉丝是货真价实啊。"

"……"

纪承彦坐下来和他一起吃饭，剧组的盒饭质量颇不错，有鱼有肉，摆放得清爽精致，不过黎景桐随和的作风也是真的，跟着剧组有什么吃什么，并不额外开小灶。

纪承彦随口说："鸡腿烧得还挺入味呢。"

黎景桐立刻从自己的饭盒里夹了一块："那我的都给你。"

大家都盯着他们，纪承彦赶紧眼疾手快地拿筷子压住他的鸡腿："不用，我节食，不能多吃。"

"哦……"

旁边的助理一直目光炯炯，这时候发出按捺不住的"扑哧"一声。

"……"

纪承彦不由得开始怀念那个能自动进入小聋瞎模式的助理小许了。

这天的拍摄进度不错，可以提早收工，黎景桐便说："晚上没夜戏，去唱歌啊？"

众人纷纷应和。

剧组的生活忙碌枯燥，偶有空闲，去唱K是不错又便利的消遣方式，还可以拉拉关系，培养感情。

"前辈一起去啊？"

纪承彦立刻道："不用了！"

他明白黎景桐的用意，去的都是导演、监制和各种老板，黎景桐想帮他刷点存在感，混个脸熟。

他现在有点怕这种应酬。

虽然节操早已所剩无几，但当着黎景桐的面，他实在有点做不来对别人曲意逢迎、卑躬屈膝。

然而以他的地位，本来就得跪着和各位大佬说话，难道还想平起平坐不成？

他不想到时候因为自己不够八面玲珑而弄巧成拙，白费了黎景桐的好心。

"怎么啦？"

"都是大腕，我就不去凑热闹了。"

黎景桐奇道："你是我偶像啊，这还不够大吗？"

"……"

"前辈放心,就是大伙儿聚聚,没别的目的。我不会让你尴尬的。"

不等纪承彦再开口,他又特真诚地道:"我怎么舍得啊。"

纪承彦冷不防被他这么一肉麻,雷得麻了半边,拒绝的话到了嘴边都给雷得忘了。

晚上去了KTV,纪承彦担心的状况并没有发生。众人都十分闲适随和,彼此喝酒攀谈,笑容可掬,气氛颇为融洽,倒显得他有点过于紧张了。

他习惯了这个圈子残酷的捧高踩低。别说想往上爬了,光是想往上看,就得仰着脖子伸着脸,脸上动不动挨那么几下,简直不要太正常。

当然,主要还是因为黎景桐一直挨着他坐着,谈笑风生。黎景桐的态度决定了很多人的态度,别人也便对他很友善。

他不需要刻意迎合什么,可以放松做自己,那就很简单了。纪承彦喝着小酒,三言两语,把坐在边上的徐婉茹逗得笑个不停,一个劲儿地用手捂嘴。

"纪哥你比节目上还好玩。"

纪承彦作受宠若惊状:"你有看过我的节目?"

"当然有呀,B站还有个你的段子剪辑,特别好笑,"徐婉茹道,"不过说真的,你本人比节目里帅多了呢。"

纪承彦这下真有几分不好意思了。

毕竟这些年里"帅"这个字已经完全从他的字典里移除了。

陆陆续续有人唱歌，大家喝彩或者调笑，而后黎景桐也站起来，有模有样地拿了话筒。

"景桐要献声了吗？"

"难得啊。"

众人纷纷起哄捧场。

黎景桐很大方地挑了首乐坛小天王徐衍的经典曲目，坐在转椅上，伸直长腿，曼声而唱。

他出道是以演员身份，后来便演而优则唱，出了唱片。在一挂只能靠后期修音的小鲜肉里，他的现场算相当不错了，嗓音清澈、技巧纯熟，还是颇有功底的。

一曲终了，得到众人叫好的时候，黎景桐笑道："刚才只是热身。"

"……"这能把徐衍气死。

而后他做了个转脖子的动作，还"啪"地打了响指。

"下面这首才是要认真唱的。"

前奏一出来，纪承彦嘴里的酒就咽不下去了："……"

黎景桐颇迷人地笑了一笑，道："这是我最喜欢的歌之一。"

那是T.O.U当年的成名曲。

"……"说好的不会让他尴尬呢？

好在黎景桐一开始唱，他的那种尴尬就淡去了。

这确实是首好歌。

即便心头有事，他不应该为它而觉得尴尬。

当年一曲成名是有道理的，它的歌词直指人心，经得起推敲琢

被你圈粉 Chapter 10

磨，既朗朗上口，又不落俗套，编曲更是像开了挂一样。不论原作是
谁，都值得多年传唱。

他固然早就过气了，但其实，艺人会过气，作品却不会。

有人自然而然跟着哼唱起来。

毕竟这首歌对二十五岁以上的人来说，都无法不耳熟。当年它的
传唱度之高，街头巷尾均可耳闻，堪比洗脑。

即便不是他们的粉丝，作为路人，那些旋律也是深藏于回忆之
中的。

黎景桐唱得好，不可避免地便唤起了大家的记忆，情绪在主歌部
分慢慢酝酿，缓缓推向高处。

"嘶——"

感动堆积得差不多，结果黎景桐破音了。

"……"

大家都笑了。

这段高音不算特别难，但要在持续有力的三个c3之后，再接一个
d3，还要保持真声，酱油群众演绎不好也是正常的。

黎景桐也笑了，露出一点腼腆，他的大男孩气质这时候显得特别
可爱。

然后他把话筒往纪承彦手里一塞。

"原唱来啊。"

纪承彦："……"

要死啊，他就确定他能唱得上去？！

副歌部分的音乐还在继续，一屋子的人都看着他，纪承彦只得硬
着头皮接过来。

233

他沉下气，一开口。

房间里蓦然静了。

浑厚，苍劲。

他的声音通透有力，像是能直达心脏，又宽阔饱满，犹如一张网。

确实不似当初年少那般清亮，然而更有力量。

他胖过、堕落过、荒废过，如今也老了，然而嗓子没坏。

黎景桐固然唱得不赖，但从黎景桐切换到他，听的人就好像耳朵突然被点亮了唤醒了一般，世界都安静了，只剩下屏息凝神。

这种安静让纪承彦略微不安，唱完最后一个音，音乐结束，他站在那里，有了几秒的迷惘和不知所措。

而后猛然一通雷鸣般的鼓掌，几个年轻人还欢呼了，纪承彦这下是真的尴尬了。

监制也有点惊讶地看着他："可以啊，唱得挺好呀。"

大家彻底被唤起了旧日情怀，气氛很是热烈。

之前觥筹交错的时候，多少还有点看在黎景桐面子上的客套，而这回的喝彩是真心实意的。

徐婉茹笑着说："纪哥，我要被你圈粉了啊。"

他回头瞧了瞧始作俑者黎景桐。

黎景桐看起来整个人都要上天了。

"超棒的啊啊啊啊啊啊！"

"……"

黎影帝完全脑残粉上身："这么多年了，我终于又亲耳听到前辈唱歌了！我死而无憾了啊啊啊啊！"

"……"

"你来听过我们的现场？"

坐下来的时候，纪承彦细想了一下他们的年龄差距，只怕到他们解散的时候黎景桐都还是个小学生吧。

"有呀，上一次是十年前的事了，"黎景桐道，"知道你们以后，大大小小每一场演唱会我都跟着去的，买过好几次跟你们同一航班的票，还跟你握过手呢。"

"啊……那时你才多大啊，就全国各地跑？"

"我表哥跟我一块去，他也是粉丝嘛。有时候他没时间，我爸的秘书会陪我。"

回忆当年，黎景桐有点惆怅，道："前辈果然是一点都不记得我啦。"

"……"

虽然有点抱歉，但纪承彦确实对这张脸没什么印象。

那时候工作太多，疯狂地连轴转，公司想从他们身上榨干每一分价值，他们自己也努力抓住所有机会向上升。光是应付这些已经疲于奔命。

没有假期，没有闲暇，连睡眠都很难保证。工作训练、吃喝拉撒之余的一切空当里，他们都在抓紧时间睡觉。在车上睡，在休息室里睡，在练习室里睡，趴在桌子上边睡，缩在椅子下面睡，靠在门后边睡。

对粉丝们固然心存感激，但印象里也只是满场应援气球、灯牌、荧光棒，眺望这一切的那种感觉，并难以去记住特定的面孔。

生活里满满的都是工作，除了工作之余，还是工作。

此外的人和事，都是流动的影像，如同坐在车里的时候，窗外飞速后退的景色一般，并不会留下什么痕迹。

"其实，"黎景桐说，"我们有合照过哦。"

"是吗？"

"有一次坐的是头等舱，你旁边的位置，只隔了过道。趁你刚坐下来的时候，求到合照的。"黎景桐道，"其他时候，动作慢一点，你就已经戴上眼罩睡觉了，我也不敢打扰你。"

"是哦……"

回想起来，那个时候的他，在外人眼里、可能真的是太冷漠，太拒人于千里之外了。

但也不是刻意如此，只是太过疲惫，没有余力去应付他人。

应该说那时候真正有在好好相处和沟通，存在大脑里，放在心里的人类，只有经纪人和贺佑铭而已。

纪承彦问："照片还在吗？"

"当然在啊！"

"给我看看？"

黎景桐很是开心，又显出点不好意思："蛮早以前的啦，有点旧了。"而后从口袋里摸出钱包，打开来。

纪承彦看了一眼："这男人不是我吧？！"

黎景桐忙说："这是我爸啦。"

还好……相片位放的是黎景桐的全家福。

否则他还真有点不知如何是好。

不过刚才那么一瞬间，他还真的有那么点误以为黎景桐会把他俩的合照放在钱包的相片位。

也是想太多。

黎景桐小心地从全家福下面用拇指慢慢捻出一张照片，美滋滋地道："合照在这里呢。"

"……"

底下居然还藏了一张。

纪承彦瞪着那照片："这是你？"

"对啊。"

"谁认得出你啊！"

当年的黎景桐站在他旁边，还没他坐着高，一副脸颊肉嘟嘟的小学生模样。

黎景桐挺羞涩地说："那时候我八岁，所以跟现在的样子有点不一样。"

"……"

何止是"有点"啊！

这真的细思恐极，他出第一张唱片的时候，黎景桐搞不好还在尿裤子。

头顶上顿时劈过一道雷，纪承彦再次感受到了年龄的差距，时间的残酷……

他看一看身边的青年。这些年里，那个萌萌的、红着脸的正太已经长成这样了。

而自己更是犹如已经在人间过了一个轮回。

纪承彦感觉十分复杂，未等他回过味儿来，包间的门开了，有人进来了。

大家纷纷打招呼："冯导。"

"冯导也来啦。"

纪承彦愣了一愣,抬起头。

他竟一时有了些不知所措。

在片场看到冯奕的背影的时候,他心里就已经有些不是滋味。只能想着还好用不着打照面,在拥挤忙碌的现场,冯奕也留意不到他。

他出道后的首部电视剧,就是由冯奕执导的。

那时候冯奕年近四十,差不多是可以当他父亲的年纪,对他期许甚高,十分严格。

在冯奕手下的那四个月,他几乎是天天挨骂,然而获益良多。可以说没有冯奕的话,他不会在第一部剧就站上那样的巅峰,得到那么多演技上的赞誉和嘉奖。也是从那时候起,他的风头开始压过贺佑铭。

而这个时候,这种样子的他,对着已有了数缕白发的冯奕,他不由自主地觉得想逃开。

而冯奕已经和他四目相对。

有那么一瞬,纪承彦还想,也许冯奕已经忘了他,或者根本认不出他来了。然而冯奕朝他点一点头:"承彦啊。"

纪承彦心头一颤。

"冯老师。"

"哎,"冯奕说,"好多年没见了。"

"嗯……"

他有了一丝退缩,还有羞愧。

"你胖了点啊。"

纪承彦低着头"嗯"了一声。

冯奕说:"也好,以前你实在太瘦了。"

那时候他是真的瘦，一来正值个子拔高的发育时期，又消耗太大，二来那年代的审美，还不时兴肌肉男，就流行他们那样略显柔弱的花美男。

虽然难免被诟病白斩鸡，但在镜头前就是当年的小女生们热爱的那种好看。

那剧里他演的是中学生，大部分时候就穿个校服、白衬衫，瘦得刚刚好，显得清秀又孤高。冯奕虽然老骂他，但在人前对他的形象一直赞誉有加，总说他"眼睛里有星星"。

坐着和大家热闹了一会儿，冯奕说："老了，这种地方还是不适合我，脑仁疼，我出去透透气。"

黎景桐道："前辈陪一下冯导？"

纪承彦站起来："好。"

两人在外头找个相对安静的地方，纪承彦帮他拉开椅子，放好脱下的外套，冯奕坐下，问："你还抽烟吗？"

"不抽了。"

"戒了啊，挺好的。"

纪承彦始终低着头："嗯……"

他在冯奕面前，体会到了从未有过的词穷。

两人都安静了一阵，冯奕道："一眨眼都十来年了。"

"……"

"我还记得刚见到你的时候，真的印象挺深刻的，"冯奕说，"这圈子里我见的人多了，没见过像你那样的眼睛。"

"……"

"我那时候觉得你是个难得一见的好苗子。从头到脚都是灵气，一点就透。那么年轻，就已经那么有天赋，又刻苦、谦虚、踏实，就好像所有的好品质都在你身上了。"冯奕从自带的保温杯里喝了口茶，"那时我想，这孩子得红成什么样啊，有他在，几年里其他人都别想能出头了。"

"……"

"的确那几年，你是站在顶峰了。"

"……"

"我还想着像你这样的，不会是一颗流星。"

"……"

冯奕说："你可惜了。"

纪承彦沉默着。

"说来，你出事那一年，那届影帝是谁来着？"冯奕用指节轻轻敲着桌子，"有点想不起来了。"

纪承彦终于开口了："是段衡。"

冯奕笑道："记得挺清楚嘛。"

"……"

"段衡也是个好苗子，不过没几年就销声匿迹，也不知上哪儿去了，"冯奕追忆当年，叹了口气，"怎么我看好的，全都不长久啊。"

"……"

冯奕又道："听说你最近演了个电影。"

纪承彦不知怎么，有些羞惭："嗯，是网络电影，演的配角。"

"挺好的，又出发了啊，"冯奕说，"那就继续走下去吧。"

纪承彦说："嗯。"

冯奕站起身，纪承彦也忙跟着起来，帮他把外套拿好。

"我就不回那屋啦，太吵，我直接回去。"

纪承彦终于说："冯老师，今晚，您是特意来看我的吗？"

冯奕道："其实景桐跟我提到你，我就叫他让你来探个班。"

"啊？"

纪承彦心下不由犯嘀咕，什么？居然不全是黎景桐自己想让他来吗？！

"景桐是一直对你很热心的，就是不知道你会不会来，"冯奕道，"毕竟你这么胆小。"

纪承彦说："什么？我哪里胆小了？"

冯奕笑了："你还不胆小？"

"……"

"小屁孩。"

"……"

他已经年过三十，不再是少年，而冯奕也老了。在冯奕面前，他始终是个孩子。

临走的时候，冯奕拍了一拍他的肩膀。

那留在肩上的温暖的触感，让他那颗麻木了的心，终于有了一丝酸涩。

送走冯奕，纪承彦回到KTV包间，见黎景桐在那儿正襟危坐，一脸忐忑。

纪承彦盯着他，黎景桐立刻一副"我知道你有话问我，你说吧"的壮烈表情。

"我问你。"

"嗯。"

纪承彦说:"这回是冯老师让你叫我来的?不是你自己想让我来探班?"

"啊?"黎景桐呆了一呆,道,"我当然想前辈来探班啊!冯导不说我也打算请前辈来的,只是他刚好也提了而已……"

纪承彦道:"这还差不多。"

黎景桐略微不安:"没了吗?"

"没了啊,"纪承彦道,"不然还有什么?"

黎景桐道:"哦……"

他挺烦别人替他自作主张,自以为是地帮他安排会面、牵线,这点大家都知道。

但他发现,自己居然能接受来自黎景桐的那些自作主张。

他拍了一下黎景桐的头:"小屁孩。"

"……"

探了两天班,纪承彦就回T城了。

他演完那个网络电影以后,还挺想演戏的,奈何勤快地去面试了好几个剧组,都让他回去等消息。

目前没了稳定的节目,时间更自由,人也更穷了,收入有一搭没一搭的。王文东那边的报酬还欠着,苦穷剧组拍到后面超支了,有些钱给不出来,他就让王文东先把别人的钱结了,他的先搁着,反正他也穷惯了。

幸而他前段时间被黎景桐打乱了生活节奏,导致手上竟然有了点

242

积蓄。

不然照着以前有钱奔放，没钱流浪的活法，现在估计快进入要饭模式了。

没接到什么工作，不过好消息是，王文东那电影定档了。

目前网络电影都比较短平快，剪好片子，走走流程，就差不多了。

纪承彦觉得，出来的效果应该还行吧，毕竟这个电影拍摄得还是很用心的。

苦穷剧组抠门归抠门，便当跟猪食差不多，但道具器材上的钱是一点也没省，钱全花在刀刃上。

剧本颇有看点，大家又都挺努力，演员也算靠谱——最起码主角长得帅，光靠刷脸吸引点观众也是没问题的——按理应该不至于太差。

王文东给他看过一点片段，画面质感还是蛮好的，节奏够快，音乐也带感，跟那种粗制滥造的剧比起来，简直可以说是十分精良了。

估计最大的问题就是后期宣发很缺钱，推广上不给力。但目前网络电影普遍也就这样，大家都穷，你穷，别人也穷，穷成一片，也就没什么了。

电影在网站上线的当天，纪承彦还是有点在意的，不过也没特别患得患失。

王文东自己要求都不高，只求不赔本就行了。就算赔本，在这行也是兵家常事，拍的时候反正都爽过了，不至于想不开。

电影是下午上线的，在视频网站的首页挂了个指甲大的推荐，到晚上一看，有了几十万的点击，纪承彦觉得挺不错的了，再粗略看了一下评论。

评论基本可以分为四类：李苏那边过来的粉丝，简清晨那边过来的粉丝，纯路人观众，还有不知道哪家的经纪公司买的一点水军。

前两者没什么好说的，路人的反应还可以，多是惜字如金的"不错""挺带劲"，或者"主角挺帅的啊"，"有个地方穿帮了呢"，好歹贵在真实。

水军的质量就太低了，一看就是便宜货，在那儿鬼打墙一样颠三倒四地说"在风格方面真的是非常好""还是非常好的，希望通过电影能体验到一些感觉""相信这部会非常热销的""整体来说还是非常好的，把价值都体现出来了"，话都说不清楚的僵尸粉。

纪承彦："……"

真是太穷了。

纪承彦没想到第二天睡醒，就有了破两百万的点击。

纪承彦："……"

打开剧组的群一看，群里也炸了。

"怎么回事？"

"我看到好几个营销号发微博提到了这个电影。"

"你这么大方买了水军？"

王文东大叫："我没有啊！预算有限，哪来的这闲钱啊！"

虽然那些微博对这片子的评价都挺恳切挺到位的，推得也很巧妙，不过谁也不会天真到会认为那些大V是自发做的推荐。

天涯论坛也有相关的帖子，看似只是不经意的提及，而里面放出的截图，讨论的措辞，却都是很用心的，点出电影的亮点，又不讨人烦，一看就是不便宜的推手。

王文东说："光这些，估计最起码也得花上十几万了，有这钱，我还不给你们便当吃好一点？"

"那不然，难道我们还能自带水军吗？"

然而这还只是开始，在那些高质量的推广之下，点击持续暴涨，到了晚上，显示已经快五百万点击了。

后台实际数据固然没这么高，但水分也不多。按网站的分账方式，周末这么一天，搞不好这电影已经快回本了。

王文东一脸蒙。

"啥玩意啊？咋回事啊？哪个大佬在逗我玩啊？"

团队的期待值并不高，就算李苏这么心高气傲的人，也没预期过这样的成绩，大伙儿都有点愣，也有点慌。

不管怎么说，这样的开门红，是非常值得高兴的事，大家看着数据刷着帖子，都又忐忑又兴奋。

"前辈！"

纪承彦很快就收到了黎景桐的消息，附加一堆的小心心。

"我回T城了！"柴犬撒花的表情。

纪承彦回复："嗯，看到你杀青的消息了。"

"好想见前辈啊，晚上有时间一起吃饭吗？"柴犬两眼亮晶晶的表情。

"好。"

两人去了家日料店，黎景桐要了个挺风雅的包间。等着上菜的时间里，餐桌上一向不大玩手机的黎景桐，这回一反常态，认真地在那儿划个不停，还眉飞色舞。

"前辈这次的电影，评价很好耶，你看这条微博下面，都是夸你的！"

"嗯……"

"超棒的! 我把你的部分反复看了三十遍! 截了好多图! "

纪承彦盯着他: "是你买的推广吗? "

黎景桐正手舞足蹈, 猛然一副被抓了个正着的样子, 瞬间似乎从一米八九缩成一米六八, 声音也小了。

"我, 我是你的粉丝嘛。"

"……"

黎景桐嗫嚅道: "粉丝自发给偶像的作品打榜, 也是常有的事。"

"……"

纪承彦沉下脸: "所以那些好评全是水军吗? 要是说好话的全是拿了钱的, 那还有什么意思。"

"当然不是啊! "黎景桐忙说, "营销公司就只是推一推, 带带节奏, 其他的还是要靠普通观众啊。"

"前辈你也知道的, 控评哪有那么容易啊, 不然的话什么烂片的口碑都能刷起来了, 大投资的片子都不存在扑街的了。"黎景桐一个劲儿解释, "水军又不是神仙, 死的都能吹活, 顶多就是助攻而已, 主要还是作品质量为王啊。"

纪承彦面无表情道: "嗯。"

"真的, 我这也就是引导一下风向, 没有让人刷太狠, 刷过头了容易有负面影响。所以大部分评论都是真实的反馈, 口碑还是和质量挂钩的啊。"

"嗯……"

他当然心中有数, 他这纯粹就是逗着黎景桐玩, 看黎景桐慌不择路, 他心情就有点好。

黎景桐说："归根结底，还是因为前辈你演得好。"

"……"把这一整部电影的金都贴到他脸上了。

纪承彦道："说啥呢，我就一个配角。"

"不不不，"黎景桐美滋滋道，"前辈你是这个电影的点睛之笔！"

"……"

还要脸吗？这吹得，粉丝滤镜已经都快爆了。

"真的呀，有没有你这个角色，可看性就差太多了。"

剧本改了之后，他的戏份确实多了不少，虽然还是男三，但比那俩男主也没差太多。尤其跟简清晨的对手戏比较频繁，存在感刷得飞起。

"你完全把那种反派的魅力演出来了，又致命，又吸引人。我觉得你能吸的粉，比那两个人还多。"

"……"行了吧，别吹了。

纪承彦道："这顿饭我请，推广让你破费了。"

黎景桐说："哪有，那才几个钱啊。"

"几个钱？"

"现在才用了三十万，预付款还有七十万没花。如今势头很好，有了许多'自来水'，后面的预算应该基本用不到。"

"……"让王文东听到这个他多半想一头撞死。

诚然对黎景桐来说这点宣发费用不算什么，然而电影的成本一共才多少啊，这不是用夜明珠打麻雀吗？

不管怎么说，电影的热度确实上去了。

自身质量原本就有优势，加上某粉丝不差钱的宣发力度，同期的网大没一个能打的，全都被按在地上摩擦。

网络电影的影响力固然有限，但在网络上能慢慢发酵成热点，对他们而言，效果已经足够喜出望外了。

加上李苏和简清晨两位男主确实年轻英俊，这是一个很重要的花痴点，两者之间的互动又有很多想象空间，于是一本正经的讨论之中，开始出现了一些方向不受控制的同人图和同人剪辑。

不知道那两当事人内心怎么想，纪承彦茶余饭后还是挺乐于看这些同人脑洞的，妹子们实在太有才华了，各种奇思妙想能让他笑出声。

直到有天他在某个大论坛里，看见有个帖子的标题是："只有我萌罗铭和江临吗？"

江临就是他演的那个角色了，纪承彦："……"

虽然内心是强烈拒绝的，但纪承彦控制不住手指和好奇心，还是去把它点开了。

"我我我！超萌啊这一对，比季少凯×罗铭萌多了。"

"我支持江临！"

纪承彦："……"

有人发了几张他在电影里的截图，不得不说，还是把他拍得挺好看的，他真该请化妆妹子、灯光摄影兄弟们吃饭。

"江临这个颜，可以舔啊。"

"又帅又变态！"

"我好喜欢他这种邪恶的感觉！"

"那个笑容，啊啊啊！"

在各种瞎了眼的夸奖里，纪承彦也不由得有些飘飘然。

然而好景不长，很快底下就立刻有人放了纪承彦之前在综艺节目里的截图，说："演江临的叫纪承彦？是这个纪承彦？"

底下一片的"噗"。

"怎么会差这么多！"

"电影里边难道是一帧一帧PS的吗？"

"想多了，一破网大，哪出得起这个钱啊。"

"他是整容了吗？"

"换头了吧？"

然后还真的有些吃瓜群众认真讨论起他整容的可能性。

"恢复到这么自然不知道需要多长时间？"

"主要是，做了手脚的话，恢复期内，有些表情他肯定做不出来啊。"

接着又有好事者放了他十几岁时的照片。

"应该没整，你们看他年轻的时候，真的是很帅的。"

其实他旧日的模样，早在之前，就已经被八卦过一轮了，但吃瓜群众毕竟不是同一拨吃瓜群众，于是这批新的吃瓜群众又激动了："天哪！这简直是三个人啊！"

纪承彦看着大家对比他的前世今生，不由得风中凌乱。

让他更凌乱的是，所谓罗铭，也就是简清晨，跟他的同人。

"什么玩意儿啊这是！"

虽然他看她们各种幻想李苏和简清晨的时候，是十分乐呵的，但轮到自己，他就不那么淡定了。

他承认他有点小气，可是看到简清晨跟他的大尺度同人图，还有一点什么同人文精华片段，差点就吐出一口血。

这些妹子会不会太放飞自己的想象力了啊！

可怕的是，随后他发现，这居然并不冷门。

给他和简清晨做视频剪辑的还真不少的呢，连他跟李苏的都有。

纪承彦："……"

啥玩意儿啊，这都能拉到一起？

虽然这的确是让他的热度上去了，但他的血压也上去了。

这晚和黎景桐约出来健身，休息喝水的时候，一看手机，发现微博上居然有人拿他跟简清晨的同人图圈他，还带了CP话题。

然后他又控制不住自己的手，点进那话题看了一看。

乖乖，这话题下面居然这么热闹！有这么多微博！

纪承彦虎躯一震，忍不住转头问旁边的黎景桐："这话题是你找人刷的吗？"

黎景桐立刻说："当然不是！"

黎景桐看起来怪委屈地道："我为什么要去刷前辈跟别人的CP啊！"

"……"这倒也是。

"其实我没有特别在推你，因为这个冒头太快，蹿红最高的，一定会挨骂，"黎景桐说，"我不想前辈被骂得太狠呢。"

这家伙很懂枪打出头鸟的道理啊。

黎景桐也刷着手机，突然变了脸色。

"怎么了？"

"有人骂你，"他怒道，"这怎么说话的啊，他们懂什么啊。"

纪承彦说："哈，谁不挨骂啊，不用理他们。"

黎景桐不说话了，低头猛按手机。

纪承彦问："你在干吗？"

"在掐架。"

"……"

"哦，你放心，我用的是小号，"黎景桐一边运指如飞一边说，"小号有很多的，回头我再换几个帮你骂他。"

"……"

纪承彦真是被刷新了对他的认知："你常干这事吗？这么熟练？"

"这些账号是公司的啦，我也不会有时间天天掐架，"黎景桐道，"只是有时候看到有些人说你说得太过，忍不住才会去掐的。"

"那也太奢侈了吧，你是什么身份啊，犯得着亲自下场掐？以后别浪费时间精力做这种事了。"

黎景桐道："不过之前其实也没什么人骂前辈。"

"……"是啦，不红的人有什么好骂的。

"就是第一次节目播了以后，有些粉丝在骂一定是节目组出的剧本，骂你炒作抱大腿，"黎景桐说，"我那时候去跟她们掐过。"

"……"

想象了一下黎景桐的粉丝和黎景桐的小号在对掐，纪承彦就有点控制不住自己的表情。

"当然我是跟她们讲道理啦，我没喷人。我很文明地跟她们解释你没在炒作，也没有剧本，我的一切行为都是自发的。"

"……"

"然后她们说，你又不知道我桐是怎么想的？"黎景桐说着就有点生气，"我心想，我就是知道啊！我自己还能不知道？！"

"……"那些粉丝知道真相估计要风中凌乱了。

黎景桐神色严肃地跟人掐完架，又刷了一回，又开始喜笑颜开，估计是看到什么好话了。

而后他说："前辈，想看看粉丝怎么说你的吗？"

纪承彦毫不犹豫："不想。"

这种一时的夸赞和热度，都是浮云，持续不久的，过阵子就人走茶凉了。

他什么样的吹捧和践踏，什么样的起起落落没见过。

铁打的娱乐圈，流水的粉丝。观众对你的恨也好，爱也好，都是短暂的。换句话说，彼此都只是过客，不需要太较真。

这次网络电影带来的影响固然超出预期，但也没什么让他大惊小怪的。

黎景桐还是强行转了个帖子给他。

"看看嘛，写得挺好的。"

"……"

对着黎景桐那充满期待的推销眼神，纪承彦只好不太情愿地点开。

若是看人家骂他，那他是十分理所当然、心安理得，可以边吃瓜子边看。

这种所谓说他好话的，他反倒有些迟疑去面对。

帖子标题很简单地叫"纪承彦科普向"。

那帖子的楼主看起来是个老粉丝，有着大量远古时期，纪承彦自己都快不记得的影像资料，还条理分明地将他各个时期的图，一张张贴下来，并加上相应的注释和解说。

科普到最后，他写道："T.O.U一出道，我就入坑了，但我不是追星粉，没追过真人，也没有过疯狂的举动。为他们花的钱只用在唱片、DVD、杂志、电影，都是普通的消费支持。"

"T.O.U解散的时候我也很震惊，好几天都睡不好，但我毕竟不是那种感情激烈的粉丝，粉丝组团抗议啊游行啊，这种活动都没参与过，只在心里觉得特别特别可惜。"

"当然最可惜的就是纪承彦，一开始我最喜欢他，解散以后我也还是一直在默默关注他。只是后来他就没有作品了，很长一段时间能看见的关于他的新闻，全都是丑闻。作为一个依旧喜欢着他的老粉丝，还是挺难受的。"

"后来他又重新出现在屏幕上了，只不过改行当了谐星。当然我觉得谐星没什么不好，带给大家欢乐，也是份伟大的工作。只是他的状态吧，不认真，不开心，有几次还喝醉酒去上通告。虽然那几期真的很好笑，娱乐节目的效果是达到了，但感觉得到他是在自暴自弃。看着他装疯卖傻，真的很心痛，能带给大家欢笑当然好，可我希望他心里也是欢笑着的啊。"

"但我这种粉丝，也没立场要求他什么。几年前我也当爸爸了，现在小孩都上小学了，没有年轻人的热情，连掐架都不参与，微博也不评论，只是默默地关注着他，和僵尸粉差不多。我觉得自己实在没为他做什么贡献，所以也无权对他指手画脚，只希望他过得好，过得开心。"

"再看到这个电影，我是很激动的。虽然他不是主角，演的还是反派，但觉得他就像活过来了一样。跟那个十八岁的纪承彦当然不一样，但还是光芒四射，也许是粉丝滤镜吧。"

"说真的，一开始对这电影其实没什么期待度，只是习惯性地会去看他的所有作品。但是，看到他出场的时候，我就猛地一下子心脏狂跳，那时候突然意识到，原来我还是那么喜欢这个人，原来他还是那么好。"

"说了这么多，也不知道在说什么，就当缅怀一下自己和他的青春吧。承彦哥，希望你一直在，希望你更好。"

纪承彦沉默着，放下手机，搓了两把脸。

黎景桐立刻说："这真不是水军！也不是我的小号！他都当爸了！所以真的不是我！"

纪承彦没说话，拿起水瓶，仰脖子作势喝了一阵。

黎景桐小心问道："你……流眼泪了吗？"

纪承彦恼羞道："我没有！是这个，水太烫了！"

黎景桐说："但那是矿泉水啊。"

"……"

黎景桐说："前辈，你以前总是说自己开心。"

"……"

"其实你不知道，现在这样的你，才是开心的。"

番外

初见
chujian

1

门一开，黎景桐便礼貌地问候："安姐好。"

给他开门的妇人笑眯眯道："桐桐又来找少爷啊，他在楼上玩呢。"

黎景桐熟门熟路上了楼，推开影音室的门的时候，冷不防被吓了一大跳。

影音室的隔音效果太好，外面听着没什么动静，一开门，那声浪以排山倒海之势，差点把他拍在地上。

"……"

投影上是演唱会的画面，他那中二期的表哥正跟着屏幕上的舞步，在那儿搔首弄姿。

回头见了他，表哥问："酷吗？帅吗？"

"……"

上了一天的钢琴课和声乐课，这魔音贯耳让他很蒙。震耳欲聋的音乐把他刚刚学好的《献给爱丽丝》都从脑子里给震出去了。

"这是现在最红的偶像组合，"表哥一边兴致高昂地跟着前后扭动，一边说，"要不是你太小了，以你的长相，勉强也是可以抱着我的大腿，一起出个组合的。"

"……"他才不要呢。

站了一会儿，小学生黎景桐就觉得又吵又无趣："等下陪我下围棋啊，表哥。"

"那你得陪我把演唱会看完。"

"这个好无聊……"

"下围棋才无聊好吧。"

黎景桐只得乖乖坐着,以良好的涵养忍受那噪音。

对年幼的他来说,屏幕上的表演可谓群魔乱舞。虽然作为一个早熟的、接受精英教育的小朋友,他的审美早已超越了天线宝宝、海绵宝宝,但一时半刻还是追不上他表哥的谜之品味。

他压根儿就看不清台上那些人到底长什么样,夸张的发型和妆容让他惊呆了。

"表哥,那人的头发好奇怪!"

"不懂了吧,这叫视觉系。"

"……"

表哥的世界他真的不能理解!

但被逼着在那儿坐了半天,黎景桐略感不妙,他似乎稍微有点被洗脑的倾向。

看着听着,他渐渐也不觉得他们的歌难听了,甚至还挺带感的,而且他们的舞确实跳得非常好。在那舞台之上,灯光之下,他们的表演有种能炙烤着血管的魔力,时间越长,血液越沸腾。

不过作为一个纯路人,黎景桐小朋友似懂非懂地看完大半场演唱会,还是分不清谁是谁,毕竟台上还有一大票伴舞和嘉宾。从头到尾他只认得出有个舞技特别出众的男生,眼睛很亮。

演唱会进行到安可的部分,台上的艺人和伴舞都换上简单的白T恤蓝牛仔裤,呼啦啦一大群,出来向观众们致敬。

黎景桐一眼就在人群里看到了那双眼睛。

卸了妆,放下头发以后,那人有着非常干净清新的一张脸,和方

才判若两人。

黎景桐呆若木鸡。

没有了华丽、狂野的妆容,褪去那浓烈的冲击感,他简直清秀得好比今天傍晚的微风,又如同早上的晨光。他微笑着,朝着镜头挥了挥手。

黎景桐小朋友觉得,心口上被人狠狠撞了一下一般。

他脱口而出:"那个眼睛很亮的哥哥!"

表哥想也不想,便回答:"那个叫纪承彦。"

这是黎景桐平生第一次听到这个名字。

而后就再也无法忘得掉。

2

纪承彦有些心烦意乱。他今天还没吃过东西,但在头等舱休息室的时候,对着那琳琅满目的食物,却完全没有食欲。

从某种程度上而言,这是好事。明天要出席某时尚品牌的活动,对他们而言,这种时候吃得越少越好。

他不仅不饿,胃里还沉甸甸的,坠着石头一般,如同他的心脏。

来机场前,他刚和贺佑铭吵过架。

这时尚品牌的中国区形象大使,只签了他,没签贺佑铭,这事把贺佑铭给气到了。

这段时间里,贺佑铭的情绪反反复复,怒气起起落落,一会儿云淡风轻、若无其事,一会儿又心浮气躁、难以自制。

到他昨晚动手收拾今天出发所需要的行李的时候,贺佑铭终于炸了。

这回他没让着贺佑铭，两人各自据理力争，大翻旧账，吵得头昏脑涨。

到最后他已经记不清他们具体吵了些什么，只记得那种疲惫的、手抖的感觉。

这是他们第一次这样激烈地争吵。

而他甚至想不出这种愤怒的情绪的理由。

只因为这次他成功了，而贺佑铭没有？

上了飞机，纪承彦绷紧着嘴角坐下来，习惯性想掏出墨镜，准备等下戴上，而后闭目养神，逃避这世界。

但在口袋里摸索了半天，没能掏得出来，这才想起那副他最喜欢的墨镜，昨晚争吵时被踩碎了。

而后他便听得耳边有个怯生生的声音："你好。"

纪承彦转过头，不等他有所反应，经纪人已经起身帮他拦住："不好意思，不签名。"

纪承彦确实身心俱疲，他感觉再多说一句，他强行维持着的平静情绪都要随时崩溃。他没有再多余的心力去做不是必要的事，应付任何不是必要的人。

但他在眼角余光扫到对方的时候，便意识到那只是个小小的孩子。

于是他说："没事，可以签。"

男孩非常开心，忙把纸笔递给他："承彦哥哥，我超级喜欢你的！"

纪承彦笑了一笑："谢谢。"

他看了一眼这男孩子, 小学生模样, 肉嘟嘟的脸蛋, 眉眼十分清秀, 才七八岁的模样。

他们的粉丝固然什么年龄层都有, 但这样的也显然过于低龄了。

男孩身后站了个中年男人, 不知道是不是他父亲。

纪承彦在留言签字的时候, 随口问: "你是去S城旅行吗? "

"哦……不……"男孩有点迟疑, "其实, 我……是去你的见面会。"

纪承彦惊讶了, 品牌活动之后, 的确是有安排一个当地的小型粉丝见面会, 但是这孩子这样会不会太舍近求远了。

"你是T城人吗? T城就会有很多活动的, 你不需要特意去S城。"

"我知道的, "男孩很不好意思, "但每一次能见到承彦哥哥的机会, 我都不想错过啊。"

"……"

"因为我真的超级超级超级喜欢你的, "男孩小脸都涨红了, "要加油啊, 承彦哥哥。"

纪承彦不由得微笑了。

不论在什么时候, 不论多么习以为常, 爱都是温暖人心的。

他永远也无法对爱麻木。

纪承彦抬手, 轻轻摸一摸他的头: "谢谢你。"

被他那轻微的一碰触, 男孩瞬间张大眼睛, 露出一副开心到难以置信的表情。

中年男人见势便问: "可以帮你们合个照吗? "

纪承彦道: "好啊。"

男孩受宠若惊: "真的可以吗?! 真的吗?! "

“当然。”

纪承彦将头凑过去，他感觉得到男孩在因为紧张而轻微地不受控制地颤抖。

于是他揽住男孩的肩，对着镜头，微笑着比了个胜利的手势。

这是他在这伤感的旅途里，一个温暖的小时刻。

却是某个人人生当中，幸福的大时刻。